게으른 자를 위한
변명
Virginibus Puerisque

KB110494

로버트 루이스 스티븐슨
이미애 옮김

게으른 자를 위한 변명

Virginibus Puerisque

헨리 월터 바넷이 찍은 43세 때의 스티븐슨(1893)

차례

1 인생을 위한 준비

게으른 자를 위한 변명

"빈둥거리다 보면 지칩니다." ── 보스웰

"그건 다들 바빠서 우리에게 동무가 없기 때문이지요. 하지만 우리 모두가 빈둥거리면 지치지 않을 겁니다. 서로가 서로를 즐겁게 해 줄 테니까요." ── 존슨

모두가 돈벌이가 되는 직업에 종사해야 하고 이에 불참할 경우에는 책임 모독죄를 묻는 법령에 위촉되어 거의 열광적으로 노고를 기울여야 하는 바로 요즘 세태에, 충분히 가진 것에 만족하고 주위를 돌아보며 즐기자고 주장하는 다른 편의 외침은 허세와 허풍처럼 들린다. 하지만 그리 취급해서는 안 된다. 이른바 게으름이란, 아무 일도 안 하는 것이 아니라 지배 계층의 독단적 규정에서 인정받지 못하는 많은 일을 하는 것이다. 근면성 못지않게 그 입장을 진술할 타당한 권리가 있다. 6펜스 은화를 벌기 위한 악조건의 경주에 참여하기를 거부하는 사람이 존재한다는 것은 거기 참여한 사람들에게 틀림없이 모욕과 환멸을 안긴다. 선량한 (알다시피 수많은) 사람

들은 결단을 내려 6펜스에 찬성표를 던지고, 미국 영어 특유의 단호한 표현을 쓰자면, 거기에 "사생결단으로 덤빈다(goes for)." 길에서 힘겹게 쟁기질을 하던 사람이 길옆 풀밭에서 술잔을 옆에 두고 얼굴에 손수건을 올린 채 시원하게 누운 사람을 볼 때 느낄 분노를 이해하기는 어렵지 않다. 알렉산더는 디오게네스의 무시에 민감한 급소를 찔렸다.[1] 로마를 점령하고 원로원에 밀어닥친 떠들썩한 야만인들이 저들의 승리에 동요되지 않고 고요히 앉아 있는 원로들을 보았을 때 로마 점령의 영광은 과연 어디 있겠는가? 계속 노고를 바치고 힘겹게 언덕 꼭대기에 올라 모든 일을 끝냈을 때 여러분의 성취에 무관심한 사람을 마주하면 마음이 쓰라릴 수밖에 없다. 그래서 유물론자는 물질주의적이지 않은 사람을 저주하고, 금융업자는 주식을 모르는 사람을 참아 주는 척하고, 문필가는 문맹자를 경멸하고, 온갖 것을 추구하는 사람은 아무것도 추구하지 않는 사람을 얕잡아본다.

이런 사정 탓에 게으름을 변명하려는 일이 어렵기는 하지만 이것이 가장 큰 어려움은 아니다. 여러분이 사업에 반대하는 말을 했다고 감옥에 갇히지는 않겠지만, 바보처럼 말하면 따돌림을 당할 수 있다. 어떤 주제를 다룰 때 가장 어려운 부분은 잘 다뤄야 한다는 점이다. 그러므로 이 글은 변명이라는 사실을 꼭 기억해 달라. 확실히, 근면성을 옹호하기 위해서라면 합당한 주장을 많이 늘어놓을 수 있다. 다만 근면성에 반대

---

1   알렉산더 대왕이 금욕주의 철학자 디오게네스에게 원하는 것을 주겠다고 하자 햇빛을 가리지 말아 달라고 말한 일화에 대한 언급.

하면서도 할 수 있는 말이 있고, 지금 내가 하려는 바가 그것이다. 어떤 주장을 한다고 해서 다른 주장에 귀를 틀어막는 것은 아니고, 누군가 몬테네그로에서 여행기를 썼다고 해서 그가 리치몬드에 가지 말아야 할 이유가 되는 것은 아니다.

의심할 바 없이 젊은이는 다분히 게을러야 한다. 매콜리 경처럼 멀쩡한 정신으로 학교 우등상을 받지 않고 달아나는 사람이 도처에 있기는 하지만, 대다수 소년들은 보관함에 넣어 두고 나중에 꺼내 보지도 않을 메달을 받으려고 큰 대가를 치르고는 피폐한 상태로 사회에 진출한다. 소년이 독학을 하거나 다른 사람의 지도를 받더라도 매한가지다. 옥스퍼드에서 존슨에게 다음과 같이 말한 노신사는 아주 어리석은 사람이었음에 틀림없다. "젊은이, 지금 책을 열심히 파서 지식을 쌓아 두게. 세월이 흐르면 책을 골똘히 읽는 것이 진력날 뿐임을 알 테니." 이 노신사는 돋보기를 써야 하고 지팡이 없이는 걸을 수 없을 때가 되면 독서 말고도 많은 일들이 진력나고 적지 않은 일이 불가능해진다는 사실을 모르는 모양이다. 책은 그 나름으로 유익하기는 하지만 삶의 대체물로는 다소 활기가 부족하다. 샬럿 공주[2]처럼 소란스럽고 현란한 현실에 등을 돌린 채 거울을 들여다보며 앉아 있어야 한다면 안쓰럽기 그지없는 신세다. 또한 이 옛 일화가 상기시켜 주듯이 책을 아주 열심히 읽는다면 생각할 시간은 거의 없을 터다.

---

2   아서 왕의 전설에서 마법의 거울로만 사물을 보는 운명을 타고났지만 론실롯을 직접 보아 결국 죽음을 맞는 인물.

학창 시절을 되돌아보면, 수업을 빼먹고서 활발하고 분주히 유익하게 보낸 시간은 후회스럽지 않다. 오히려 수업 중에 자다 깨다 하면서 흐리멍덩하게 보낸 시간을 지워 버리고 싶다. 나는 학창 시절에 많은 강의에 출석했다. 팽이의 회전이 동역학적 안정성을 보여 주는 사례임을 지금도 기억한다. Emphyteusis(영구 소작권)는 병명이 아니고 Stillicide(적하권)는 범죄가 아니라는 것도 기억한다. 이런 단편적 지식을 내팽개칠 생각은 없지만, 땡땡이를 치면서 바깥 거리에서 얻은 잡동사니 지식만큼 귀중하게 여겨지지는 않는다. 그 강력한 교육의 장에 대해서는 여기서 상술하지 않겠다. 그곳은 디킨스와 발자크가 좋아한 학교였고, 인생의 이모저모를 가르치는 여러 분야에서 무명의 달인을 매년 많이 배출한다. 이런 말로 충분하다. 어떤 소년이 거리에서 아무것도 배우지 못한다면, 배울 능력이 없기 때문이다. 땡땡이를 치는 학생이 언제나 거리를 배회하지는 않는다. 원한다면 교외 정원을 지나 시골로 나갈 수 있다. 그는 라일락 꽃다발을 개울에 내던질 수도, 돌위에 흐르는 시냇물 노래에 맞춰 파이프를 피워 젖힐 수도 있다. 덤불에서는 새가 지저귈 것이다. 거기서 그는 폭넓은 생각의 흐름에 빠져들어 사물을 새로운 시각에서 보게 될지 모른다. 이것이 교육이 아니라면, 무엇이 교육이란 말인가? 세상 물정에 밝은 사람[3]이 이 젊은이에게 다가가서 나눌 대화를 상상해 보자.

---

3   Mr. Worldy Wiseman(속세 현자)은 존 버니언의 『천로 역정』에 등장하는 인물이다.

"아니, 젊은이, 여기서 뭐 하나?"

"휴식을 취하고 있습니다. 선생님."

"지금은 수업받을 시간 아닌가? 지식을 쌓기 위해 부지런히 책을 파고들어야 하지 않나?"

"실례지만 저는 이렇게 배움을 추구합니다."

"배움이라. 그래? 어떤 걸 하는가? 수학인가?"

"아뇨, 그렇지 않습니다."

"형이상학인가?"

"그것도 아닙니다."

"언어인가?"

"아뇨, 언어는 아닙니다."

"상업인가?"

"상업도 아닙니다."

"아니 그럼 대체 뭔가?"

"실은 선생님, 저는 곧 순례를 떠날 예정이라서 제 처지 사람들이 흔히 어떤 일을 하는지, 길 위의 어떤 진창과 덤불이 가장 불쾌한지, 어떤 종류의 지팡이가 가장 쓸모가 있는지 알아내고 싶습니다. 나아가 여기 물가에 누워서, 평화나 자족이라고 부르도록 스승께서 가르치신 교훈을 속속들이 깨우치려합니다."

이 말에 세상 물정에 밝은 사람은 몹시 흥분하며 위협적인 표정으로 지팡이를 흔들고 소리를 버럭 지른다. "깨우친다고, 어, 그래! 그리 배우는 건달들을 모두 교수형에 처했으면 좋겠군."

이렇게 소리치며 그는 깃털을 펼치는 칠면조처럼 풀 먹인 넥타이를 잡아당겨 사각거리며 제 길을 갈 터다.

인생을 위한 준비

자, 세상사에 밝은 사람의 이러한 견해는 널리 퍼져 있다. 어떤 사실이 학문 범주에 들어맞지 않으면 사실이 아니라 낭설이라 불린다. 탐구를 하려면 공인된 방향으로 나아가야 하고 길잡이로 삼을 명칭도 있어야 한다. 그렇지 않으면 탐구가 아니라 빈둥거림일 뿐이다. 그런 인간에게는 구빈원도 과분하다. 지식이란 샘의 밑바닥이나 망원경의 끝에 있다고 여겨진다. 생트뵈브[4]는 나이가 들면서 모든 경험을 한 권의 큰 책으로 간주하게 되었고, 우리가 세상을 뜨기 전까지 그 안에서 공부를 한다고 여겼다. 우리가 20장의 미분학을 읽든지 39장의 정원에서 악단 연주를 듣든지 아무래도 좋다고 그는 생각했다. 사실 영리한 사람은 내내 미소를 머금은 채 자기 눈으로 보고 자기 귀로 들음으로써, 용감하게 밤을 지새우며 살아가는 수많은 사람보다 진정한 교육을 많이 받을 것이다. 물론 힘겨운 정규 학문의 정점에 올라야만 얻을 수 있는 차갑고 무미건조한 지식이 있다. 그러나 지식은 주위에 널려 있기 때문에 여러분이 바라보기만 하면 따뜻하게 고동치는 삶의 사실을 얻을 수 있다. 다른 학생들이 일주일도 지나기 전에 절반은 잊어버릴 잡동사니 단어들을 머리에 쑤셔 넣는 동안, 수업을 땡땡이치는 학생은 바이올린을 연주하거나 좋은 시가를 알아내거나 다양한 사람들과 편안하고 적절하게 대화를 나누는 등의 실로 유용한 기술을 배운다. "책을 열심히 파서" 공인된 학식의 이런저런 분야에서 모든 것을 아는 많은 사람들은 늙은 올빼미처럼 서재에서 나와, 한결 즐겁고 활기찬 인생의 부분에 메마르고 둔감하게 반응하며 소화 불량을 일으킨다. 큰 재

---

4   프랑스의 시인이자 문예 비평가.

산을 모아도 끝까지 천박하고 애처로우리만치 둔감한 사람이 많다. 반면에 그들과 함께 인생을 출발한 게으른 자는, 미안한 말이지만 전혀 다른 삶을 그려 낸다. 그는 시간을 들여 제 건강과 정신을 보살폈다. 무엇보다도 야외에서 많은 시간을 보낸 것이 몸과 마음에 유익했다. 심오한 학문의 전당에서 읽지는 않았어도, 탁월한 목적에 따라 위대한 책을 살짝 맛보고 대충 훑어보았다. 게으른 자의 인생 전반에 대한 지식, 생활의 기술 일부를 얻기 위해서 학생들은 히브리어 어원에 관한 지식을, 사업가들은 반 크라운 백동화를 내놓지 않을까? 아니 게으른 자는 그런 지식보다 중요한 자질을 갖추고 있다. 지혜 말이다. 다른 사람들이 각자의 취미에서 느끼는 유치한 만족감을 많이 보아 온 그는 자신의 취미를 빈정거리듯 너그럽게 봐줄 것이다. 그는 독단론자가 되지 않을 것이다. 그는 다양한 사람들과 의견들을 차분하게 충분히 고려한다. 비범한 진실은 찾지 못하더라도, 논란이 분분한 거짓을 자기 의견으로 삼지는 않을 것이다. 자기 방식에 따라 "평범한 길"이라 불리는, 그리 번잡하지 않지만 평탄하고 쾌적한 샛길을 지나 "상식의 전망대"로 나아갈 것이다. 거기서 대단히 웅장하지는 않아도 유쾌한 전망을 볼 터다. 다른 이들은 동쪽과 서쪽, 모래바람과 일출을 바라보는 동안, 그는 어둠의 군단이 사방팔방으로 재빨리 달아나 위대한 영겁의 햇빛 속으로 사라지면서 만물에 내려앉는 일종의 아침 시간을 의식하며 자족할 것이다. 어둠의 군단과 여러 세대, 날카롭게 외치는 박사들과 소란스러운 전쟁이 지나가면 궁극적 정적과 공허에 잠기게 된다. 그러나 이 모든 것 밑에 있는 짙푸르고 평화로운 풍경을, 난롯불이 타오르는 수많은 응접실을, 노아의 홍수나 프랑스 혁명 이전에 그랬듯이 웃고 마시고 사랑을 나누는 선량한 사람들을, 산사나무 밑에서 이야기를 들려주는 늙은 목동을, 한 인간은 전망대 창가에서 바라볼 것이다.

극도의 분주함은, 학교에서든 대학에서든 교회에서든 시장에서든 활력 결핍을 드러내는 증상이다. 빈둥거리는 재주는 폭넓은 욕구와 강한 정체감을 내포하기 마련이다. 우리 주위에는 죽은 거나 다름없는 진부한 사람들이 있는데, 그들은 습관적인 일을 할 때를 제외하면 살아 있음을 거의 의식하지 못한다. 이런 사람을 시골에 데려가거나 배에 태우면 자기 책상이나 서재를 몹시 그리워한다. 그들은 호기심도 없고, 우연한 자극에 빠져들지도 못한다. 자기 능력을 그 자체를 위해 발휘하는 것을 즐기지 않는다. 어쩔 수 없이 몽둥이찜질을 하지 않는 한 그들은 꼼짝하지 않을 것이다. 이런 사람에게는 얘기해 봐야 소용없다. 그들은 빈둥거리지 못한다. 본마음이 그리 넓지 못한 그들은 황금을 제조하는 공장에서 억척스럽게 일하는 시간을 제외하면 일종의 혼수상태로 지낸다. 일하러 갈 필요가 없을 때, 배도 고프지 않고 마시고 싶지도 않을 때, 쉬고 있는 세계가 그들에게는 빈 공간이다. 기차를 타기 위해 한 시간쯤 기다려야 하면 그들은 두 눈을 뜬 채 멍한 가수면 상태에 빠진다. 여러분은 그들을 만나면 쳐다볼 것도, 얘기를 나눌 것도 없다고, 무감각하거나 정신이 딴 데 팔린 사람이라고 생각할 것이다. 하지만 그들은 자기 나름으로 열심히 일해 왔고 어떤 행위의 결함이나 시장 동향을 보는 눈은 밝다. 고등학교와 대학교를 다니는 동안 그들의 눈은 내내 메달에 고정되어 있었다. 세상에 나와 영리한 사람들과 어울렸지만 늘 자기 일에 생각이 쏠렸다. 인간의 영혼이 아직은 충분히 왜소하지 않다는 듯이, 그들의 영혼은 일만 하고 놀지 않는 생활로 더 작아지고 좁아졌다. 마침내 그는 마흔이 되어 즐거울 소지가 전혀 없는 마음으로 무기력하게 주의를 기울이며 서로 마찰을 일으킬 생각 한 가닥 없이 여기서 기차를 기다린다. 그도 반바지를 입는 소년이 되기 전에는 상자를 기어올랐을 터다. 스무살이 되었을 때는 아가씨들을 빤히 쳐다보았을 터다. 그러나 이제 파이프 담배는 꺼져 버렸고 코담뱃갑은 텅 비었고, 이 신사는 한탄스러운 눈으로 의자에 꼿꼿이 앉아 있다. 성공한 인생이라는 관점에서 이런 모습은 내 관심을 끌지 못한다.

그러나 그의 분주한 습성 때문에 고통받는 사람은 그 자신만이 아니다. 그의 아내와 아이들, 친구와 친척, 기차에서 옆자리에 앉은 사람도 고통을 받는다. 인간이 자기 일이라고 부르는 것에 대한 지속적 헌신은 다른 것들을 지속적으로 소홀히 해야만 유지될 수 있다. 인간의 일이 그가 해야 할 가장 중요한 것인지는 결코 명확하지 않다. 공정하게 평가하자면, 인생의 극장에서 가장 현명하며 덕스럽고 선을 베푸는 일을 하는 사람은 무보수 연기자들이다. 이 일들은 분명 세상 사람들에게 한가롭게 여겨진다. 극장에서 빈둥거리는 신사와 노래하는 청소부, 오케스트라의 근면한 바이올린 연주자뿐 아니라 관람석에서 바라보고 박수치는 사람도 실로 자기 나름의 역할을 하며 전체적 결과를 위해 중요한 역할을 수행하기 때문이다. 물론 여러분은 여러분의 변호사와 증권 중개인, 여러분을 신속히 이곳저곳으로 실어다 주는 호위병이나 철도 역무원, 여러분을 보호하기 위해 거리를 순찰하는 경찰에게 다분히 의존한다. 그러나 마주쳤을 때 미소가 떠오르게 하거나 즐겁게 동석하여 저녁 식사의 풍미를 돋워 주는 다른 은인들에 대한 고마움 역시 마음에 떠오르지 않는가? 뉴컴 대령은 친구가 돈을 잃도록 거들었고, 프레드 베이엄은 비열한 속임수를 써서 셔츠를 빌렸다. 하지만 그들은 반스보다 어울리기 좋은 사람들이었다. 폴 스타프[5]는 늘 술에 절어 있고 그리 정직하지 않은 인물이지만, 그보다 이 세상에서 사라지면 더 좋을 침울한 바라바스[6]의 이름은 한둘 댈 수 있다. 해즐릿은 과시적인 친구들에 비해 이렇다 할 도움을 준 적이 없는 노스코트에게 더 큰 신세를 졌다고 했다. 좋은 이야기 상대가 단연코 가장 큰 은인이라고 생각했기 때문이다. 이 세상 어떤 사람들은 고통과 곤경을 겪으며 베풀어 준 호의가 아니면 고맙게 느끼지 못한다. 그렇다면 심술궂은 사람들이다. 어떤 사람이 아주 재미있는 소문으로 편지지 여섯 장을 채워 보내면 여러분은 그 편지를 읽으며 즐겁게, 어쩌면 유익하게 삼십 분을 보낼 수 있다. 그 편지를 악마와 맺은 계약처럼 심장의 피로 썼다고, 더 큰 도움이 되었으리라고 믿는가? 그가 여러분의 끈덕진 요구로 여러분을 계속 저주했다면 여러분은 진정 그에게 더 큰 신세를 졌다고 생각할까? 자비심과 마찬가지로 기쁨이란 억지로 느낄 수 있는 것이 아니라서 의무보다 배로 유익한 축복이다. 키스를 하려면 반드시 두 사람이 있어야 하고, 농담하는 데는 스무 명이 있을 수 있다. 그러나 어디서든 약간의 희생이 끼어들면 호의에 고통이 스며들어 너그러운 사람

5 『헨리 4세』, 『헨리 5세』, 『윈저의 명랑한 아낙네들』에 등장하는 재담가.
6 크리스토퍼 말로의 희곡 『몰타의 유대인』(1633)에 등장하는 탐욕적 인물.

도 혼란스러워진다. 우리가 가장 과소평가하는 의무는 행복이다. 행복함으로써 우리는 익명으로 세상에 은혜의 씨앗을 뿌린다. 그 씨앗은 우리도 모르게 남아 있고, 그것이 싹을 틔울 때 가장 놀랄 사람은 바로 그 씨를 뿌린 사람이다. 얼마 전에 누더기를 걸친 맨발의 소년이 구슬을 잡으려고 거리를 달려가는 품이 너무나 명랑해서, 그 아이가 지나친 모든 사람의 기분이 좋아졌다. 사람들 중 하나가 평소 침울한 생각에서 벗어나서는 그 꼬마를 세워서는 용돈을 주며 말했다. "즐거운 표정이 때로 어떤 결과를 가져오는지 보렴." 아이가 조금 전에는 기쁘게 보였다면, 이제는 기쁘고 어리둥절한 표정이었을 것이다. 눈물에 젖은 아이보다 미소 짓는 아이를 이처럼 격려하는 데 찬성한다. 나는 무대 위를 제외하고는 어디서도 눈물에 값을 치르고 싶지 않다. 오히려 그 반대를 대량으로 구매할 용의가 있다. 행복한 남자나 여자를 보는 것은 5파운드 지폐를 발견하는 것보다 낫다. 그런 남녀는 선의를 발산하는 진원이다. 그들이 방에 들어서면 촛불을 하나 더 밝혀 놓은 것 같아진다. 우리는 그들이 47번 명제[7]를 실제로 입증할 수 있을지 염려할 필요가 없다. 그들은 그보다 나은 일을 하니까. 인생은 살 만하다는 위대한 정리(定理)를 실증하는 셈이다. 따라서 빈둥거려야만 행복한 사람이라면 빈둥거리며 지내야 한다. 이것은 파격적인 원칙이다. 다만 기아와 구빈원 때문에 그리 쉽게 남용될 수 없는 원칙이다. 현실적인 한계 내에

---

7   유클리드 47번 명제. 직각삼각형의 빗변을 한 변으로 하는 정사각형의 넓이는 나머지 두 변을 각각 한 변으로 하는 정사각형 두 개 넓이의 합과 같다는 피타고라스 정리와 동일한 내용.

서 이 원칙은 모든 도덕률 중에서 가장 반론의 여지가 없는 진실이다. 더할 나위 없이 부지런한 친구를 잠시 바라보라. 그는 조급함의 씨앗을 뿌리고 소화 불량을 거둬 들인다. 그는 이득을 얻으려고 엄청난 일을 벌이고, 그 대가로 심각한 신경 착란증을 얻는다. 그는 온갖 교제를 끊고 다락방에서 모직 슬리퍼를 신고 납빛 잉크병을 놓고 은둔자처럼 살아간다. 일을 재개할 수 있게 되기 전까지 온 신경계가 수축된 채 재빨리 쓸쓸하게 사람들 사이를 지나다니며 성질을 부린다. 그가 일을 얼마나 많이 하고 잘하는지에는 관심이 없다. 그는 타인 삶에 해로운 얼굴이다. 그가 죽으면 사람들은 더 행복해질 터다. 짜증을 잘 내는 그의 기질을 참고 견디기보다는 "관료주의적 관청"[8]에서 그의 도움을 아예 받지 않는 편이 낫다. 그는 삶을 그 원천부터 오염한다. 짜증 잘 내는 삼촌 때문에 매일 악몽에 시달리기보다는 망나니 조카 때문에 당장 거지가 되는 편이 낫다.

그런데 이 소동은 대체 무엇 때문인가? 무슨 까닭으로 그들은 자신과 다른 사람들의 인생을 괴롭히는가? 누가 일 년에 논문을 세 편 발표하든 삼십 편을 발표하든, 위대한 우화적 그림을 완성하든 못 하든, 세상에 있어서는 그리 흥미롭지 않은 일이다. 각각의 계층은 빽빽이 들어차 있다. 1000명이 쓰러지더라도, 그 틈을 메울 사람은 언제나 존재한다. 잔 다르크는 집에 남아서 여자의 일을 해야 한다는 말을 들었을 때 실을

---

8   Circumlocution Office. 찰스 디킨스의 『어린 도릿(Little Dorrit)』에 등장하는 관청의 이름. 민원을 다른 부서로 계속 옮기고 결국 아무것도 해결하지 않는 무사안일주의적 관료 조직을 비꼬는 용어.

잦고 빨래할 사람은 아주 많다고 대답했다. 당신에게 희귀한 재능이 있더라도 마찬가지다! 자연이 "독신 생활에 지극히 무관심"할 때, 왜 우리는 스스로를 애지중지하면서 자기의 독신 생활은 이례적으로 중요하다는 망상에 빠져드는가? 셰익스피어가 어두운 밤에 토머스 루시 경의 수렵 금지 구역에서 머리를 부딪혔대도, 세상은 좋든 싫든 변해 갔을 것이다. 물 항아리는 우물에 던져지고, 낮은 밀밭으로, 학생들은 자기 책으로 돌아갔을 터다. 누구도 셰익스피어의 죽음으로 인한 손실을 알지 못했을 터다. 현존하는 저작 중에서 넉넉지 못한 사람에게 담배 1파운드만큼의 가치가 있는 것은, 대리할 만한 것을 샅샅이 찾아보더라도 그리 많지 않다. 이런 점을 생각해 보면 극히 의기양양한 세속적 허영심도 차분해진다. 담배 가게 주인도 생각해 보면 자만심을 느낄 이유가 없다. 담배가 진정제로서 탁월하기는 하지만, 그것을 판매하는 데 필요한 자질은 희귀하거나 소중하지 않기 때문이다. 아아, 슬프다! 여러분이 어떻게 받아들이든, 개인의 어떤 일도 꼭 필요 치는 않다. 아틀라스[9]는 긴 악몽을 꾼 신사였을 뿐이다! 하지만 아시다시피 어떤 상인은 엄청난 노력을 들여 큰 재산을 모으고 그런 다음에 파산 법정에 선다. 어떤 작가는 파라오가 이스라엘인들에게 피라미드가 아니라 핀을 만들게 시키기라도 한 듯이 보잘것없는 글을 계속 휘갈겨 쓰다가 결국 주위 사람들에게 성질을 부려 시련을 안긴다. 멋진 젊은이들은 과로하다가 폐병에 걸려 흰 깃털이 달린 영구차에 실려 간다. 우주의 의전관이 이런 사람들에게 장래의 중대한 운명을 약속하며 속삭

---

9   지구를 어깨에 짊어진 거인.

였겠는가? 그들이 익살극을 연기하는 이 미적지근한 작은 구(球)가 과녁의 중심이고 온 우주의 중심이라고? 그렇지 않다. 알든 모르든 간에 그들이 한없이 귀중한 청춘을 바쳐 이루려는 목적은 허무맹랑하거나 유해한 것일 수 있다. 그들이 바라는 영광과 재물은 결코 오지 않을 수 있고, 혹은 그들을 변변치 못한 인물이라 여기고 지나쳐 버릴 수도 있다. 그들과 그들이 살고 있는 세계가 너무나 대단찮아서, 이런 생각을 하면 마음이 얼어붙는다.

엘도라도

결혼을 하는 사람도 많고 과감한 전투도 많이 벌어지는 세상에서 그리고 우리 모두 일정한 시간에 음식물 1인분을 맛있고 신속하게 우리의 몸에 최종적으로 돌이킬 수 없이 집어넣는 세상에서, 우리가 이룰 것은 아주 많은 듯하다. 또한 급히 둘러보면, 가급적 많이 성취하는 것이 말썽 많은 인간 삶의 유일한 목표로 보인다. 하지만 정신과 관련해서는, 겉으로만 그리 보일 뿐이다. 삶이 행복할 때 우리는 하나가 다른 하나로 끝없이 이어지는 상승 음계에서 살아간다. 앞을 바라보는 사람에게는 늘 새로운 지평이 열린다. 우리는 작은 행성에서 보잘것없는 일에 빠져 살아가고 짧은 기간 너머로 영속하지 못하더라도, 별처럼 도달할 수 없는 희망을 품고 목숨이 다할 때까지 희망의 시간을 늘려 가게 되어 있다. 진정한 행복은 어떻게 시작하는가의 문제이지 어떻게 끝내는가의 문제가 아니다. 우리가 무엇을 원하는가의 문제이지 무엇을 소유하는가의 문제가 아니다. 열망은 영원한 기쁨이고, 토지처럼 확고한 소유물이며, 즐거운 행위라는 수입을 매년 제공하는 결코 탕진할 수 없는 재산이다. 열망이 큰 사람은 정신의 부자다. 삶에 흥미를 느끼지 못하는 사람에게는 인생이 그저 지루하고 형편없게 연출된 연극에 불과하다. 재주도 지식도 없는 사람에게 세계는 색채의 배열이거나 정강이뼈를 부러뜨리기 쉬운 울퉁불퉁한 보도일 뿐이다. 제 욕망과 호기심 덕에 사람은 참을성도 발휘해 가며 계속 존재하고, 사물과 사람의 모양새에 매혹되며, 매일 아침 눈을 뜨면 일과 즐거움에 새로운 갈망을 느낀다. 욕망과 호기심이라는 두 눈을 통해 가장 매혹적인 색깔로 칠해진 세상을 바라본다. 바로 그 눈 덕분에 여자는 아름답게, 화석은 흥미롭게 보인다. 자산을 탕진하여 거지가 된 사람이라도 이 두 개 부적이 있다면 여전히 부자처럼 즐거움을 누릴 수 있다. 그가 다시는 배고프지 않을 정도로 모든 영양소가 듬뿍 들어 있는 식사를 한다고 생각해 보자. 그가 한눈에 세상의 모든 특징을 파악하고 지식에 대한 욕망을 잠재운다고 생각해 보자. 경험의 영역에서도 그 비슷한 것을 한다고 생각해 보자. 그러면 이후에는 즐거움을 누릴 방법이 없지 않을까?

배낭에 책 한 권만 넣고 도보 여행을 떠나는 사람은 주의 깊게 책을 읽는다. 종종 멈춰 서서 생각에 잠기기도 하고, 책을 내려놓고 풍경이나 여관 응접실의 판화를 찬찬히 바라보기도 한다. 읽을거리가 끝나서 남은 여정 동안 길동무가 없을까 봐 걱정스럽기 때문이다. 한 젊은이가 최근에 토머스 칼라일의 저작을 다 읽고, 내 기억이 옳다면 프레더릭 대제에 관한 메모장 열 권을 작성하는 것으로 독서를 마무리 지었다. 그 젊은이는 실망해서 소리쳤다. "아니! 칼라일이 더 없어요? 내게 남은 건 일간지뿐이에요?" 더 정복할 세계가 없어서 쓰라리게 울었다는 알렉산더 대왕의 일화는 한층 유명하다. 기번은 『로마 제국 쇠망사』를 끝냈을 때 잠시만 기쁨을 느꼈고 "차분하고 우울한 기분"으로 자신의 노작(勞作)에서 손을 떼었다.

행복한 마음으로 우리는 이르지 못할 화살을 달에 쏘아댄다. 우리의 희망은 도달할 수 없는 엘도라도[10]에 있다. 여기 지상에서 우리는 그 무엇도 끝내지 못한다. 어떤 관심사를 뿌리째 잡아당기면 갓처럼 스스로 새로운 씨앗을 흩뿌릴 뿐이다. 아이가 태어나면 고통이 끝나리라 기대하겠지만 이는 새로운 근심의 시작일 뿐이다. 아이가 이가 나고 교육을 받고 마침내 결혼하는 것을 지켜볼 때, 슬프게도 이제는 매일 새로운 두려움과 새롭게 떨리는 다정함을 느끼게 될 뿐이다. 손자의 건강은 자식의 건강 못지않게 애처로운 걱정거리가 된다. 다른 한편 여러분은 결혼하여 아내를 맞을 때 이제 꼭대기에 도달했으니 편안한 비탈길을 내려가리라고 생각할 터다. 그러나 구애를 끝내고 결혼 생활을 시작한 데 불과하다. 고압적이고 반항적인 사람은 사랑에 빠지거나 사랑을 얻기 어렵다. 하지만 사랑을 유지하는 일도 중요하고, 그러려면 남편과 아내 둘 다 친절과 선의를 발휘해야 한다. 진정한 사랑 이야기는 결혼식 제단에서 시작된다. 거기서 지혜와 관대함을 겨루는 가장 아름다운 시합이, 실현될 수 없는 이상을 향한 평생의 투쟁이 부부 앞에 펼쳐진다. 실현될 수 없다고? 그렇다, 분명 실현될 수 없다. 그들이 하나가 아니라 둘이기 때문이다.

10   남미 아마존 강 유역에 있다고 상상된 황금의 나라.

"책을 쓰는 데 끝이 없다."[11]라고 전도자는 불평했다. 그는 직업으로서 문필업을 얼마나 높이 칭송하고 있는지 깨닫지 못했다. 사실 책을 쓰거나 실험을 하거나 여행을 하거나 재산을 모으는 데도 끝이 없다. 문제는 문제를 낳는다. 우리가 영원히 연구하더라도 원하는 만큼 박식해지는 일은 결코 없다. 우리는 우리 꿈에 걸맞은 조각상을 만든 적이 없다. 어떤 대륙을 발견하거나 산맥을 넘으면 그 너머에 다른 바다나 다른 평야가 나타날 뿐이다. 우리가 신속하게 부지런히 파헤치더라도 무한한 우주에는 또 다른 공간이 남아 있다. 그것은 마지막 장까지 읽을 수 있는 칼라일의 저서와는 다르다. 우주 한구석에서도, 개인 정원이나 외딴 작은 마을 근방에서도, 날씨와 계절이 지극히 오묘하게 계속 달라지므로 평생 산책하더라도 언제나 새로운 놀라움과 즐거움을 찾을 수 있다.

지상에서 실현할 수 있는 소망은 단 한 가지다. 오직 한 가지만 완벽하게 달성할 수 있다. 바로 죽음이다. 갖가지 상황에서 죽음이 달성할 가치가 있는 것인지는 누구도 말할 수 없다.

우리는 쉬는 시간도 아까워하면서 불가능한 희망을 향해 끊임없이 행군해 나아가며 기이한 광경을 연출한다. 불굴의 모험적인 개척자처럼 구는 것이다. 실로 우리는 목적지에 도달할 리 없다. 그곳이 존재하지 않을 가능성도 농후하다. 우리

---

11   Of making many books there is no end: and much study is the weariness of the flesh. 여러 책을 짓는 것은 끝이 없고 많이 공부하는 것은 몸을 피곤케 하느니라.(「전도서」 12장 12절)

가 수백 년을 살고 신의 능력을 갖추더라도, 결국에는 우리가 원했던 데 그리 가까워지지 않을 터다. 오, 힘겹게 일하는 인간의 손이여! 오, 어디로 가는지도 모르면서 싫증 내지 않고 내딛는 발이여! 머잖아 곧 눈에 띄는 산꼭대기에 이르고 아주 조금만 더 가면 지는 해를 배경으로 엘도라도의 뾰족탑이 불현듯 보일 것만 같다. 여러분은 자신이 받은 축복을 알지 못한다. 희망을 품고 나아가는 것은 도착하는 것보다 낫다. 진정한 성공은 힘겨운 노력 자체이기 때문이다.

세 겹의 놋쇠[12]

　　죽음은 돌이킬 수 없는 변화를 너무나 급격하게 일으키고 몹시 무섭고 우울한 결과를 가져오므로, 인간 경험에서 이에 견줄 것이 없고 그 유사한 것도 지상에서 찾을 수 없다. 죽음은 맨 마지막에 일어나는 사건이므로 다른 사건을 모두 능가한다. 그것은 폭력배처럼 그 희생자에게 갑자기 달려들기도 하고, 때로는 희생자의 성채를 주기적으로 포위하고 이십 년에 걸쳐 슬며시 잠입하기도 한다. 그러면 주변 사람들의 삶에 쓰라린 혼란이 일고, 그리 가깝지 않은 많은 벗들을 함께 어울리게 해 주었던 연결 고리가 떨어져 나간다. 의자가 텅 비고, 홀로 산책하고, 홀로 잠자리에 들게 된다. 다시 말해 죽음은 우리 벗을 데려가되, 완전히 데려가지 않고 흔적을 남긴다. 냉소적이고 비극적인 그 흔적은 이내 견디기 힘들어지므로 서둘러 감춰야 한다. 그래서 이집트의 피라미드에서부터 중세

12　이 글의 원제 Aes Triplex는 로마 시인 호라티우스의 표현 "세 겹의 놋쇠에 에워싸인 가슴"에서 따온 것으로 여기서 놋쇠는 불굴의 용기를 상징한다.

유럽의 교수대에 이르기까지 어느 시대에나 주목할 만한 광경과 관습이 이어진다. 아주 가난한 사람도 무덤으로 갈 때는 행렬이 뒤따른다. 추모할 만하지 않은 사람의 묘소에도 비석이 세워진다. 우리는 옛사랑과 우정의 잔재에 대한 존중을 보여 주려고 으스스하고 우스꽝스러운 장례식에 동행하고, 고용된 장의사는 문 앞을 누비고 다닌다. 이런 일들에 수반된 시인의 웅변은 인간을 과오에 빠뜨리는 데 다분히 기여했다. 아니 그 과오는 수많은 철학에서 온갖 자질구레한 논리로 구체화되고 규정되었다. 그렇지만 부산하고 신속히 흐르는 실생활에서 사람들은 생각할 시간이 거의 없으므로 위험한 과오를 저지를 시간도 실제로는 거의 없다.

사실 사람들은 죽음의 가능성에 대해 말할 때 그 어느 때보다도 겁에 질려 속삭이지만, 죽음처럼 건강한 사람의 행위에 영향을 미치지 못하는 것도 없다. 활화산 비탈에 세워진 남아메리카 도시들의 위험한 지대에 사는 주민들은 숲이 울창한 영국 시골에서 정원을 일구며 살기라도 하듯이 이 엄중하고 치명적인 상황에 구애받지 않는다는 사실을 우리 모두 안다. 세레나데가 들려오고 저녁 식사가 차려지고 도금양 사이에서 여자에게 호기를 부리는 목소리가 머리 위로 들려온다. 그동안 발밑에서는 땅이 몸서리를 치고 산의 심장이 으르렁거린다. 언제라도 불타는 잔해가 하늘 높이 달빛 속으로 튀어오르고, 인간과 흥겨운 축제는 먼지 속에 뒹굴 것이다. 이런 상황에 처한 아주 젊은 사람과 둔감한 노인은 이루 말할 수 없이 무모한 자포자기 상태로 보인다. 활화산에서 꽤 떨어진 곳에서 우산을 든 점잖은 기혼자들이 저녁 식사의 식욕을 느낀다는 것은 믿기 힘들다. 재앙 가까이에서 일상생활이 지속되면 오만한 방탕의 냄새를 풍기기 시작한다. 그런 상황에서는 창조자에 대한 도전 없이는 치즈와 샐러드의 맛도 즐길 수 없는 것 같다. 그런 곳은 기도와 단식으로 살아가는 은자나 끊임없이 술을 퍼 마시며 근심을 망각하는 타고난 무모한 인간에게나 적합하다.

하지만 차분히 생각해 볼 때, 남아메리카 주민들의 상황은 평범한 인간의 상황에 비하면 그리 심각하지 않다. 이 지구는 혼잡한 우주에서 서로 다른 방향으로 신속하고 맹목적으로 이동하는 수백만 별들 사이에서 똑같이 신속하고 맹목적으로 이동하다가 무언가와 충돌함으로써 싸구려 폭죽처럼 폭발할 수 있다. 그러면 병리학적으로 볼 때, 모든 기관을 갖춘 인간의 신체는 한 자루의 폭죽이 아니고 무엇이겠는가? 배의 화약고가 배에 위험하듯이 최소한의 폭죽만 있어도 인체 조직 전체가 위험하다. 숨을 쉴 때마다, 음식을 먹을 때마다, 우리는 하나 또는 그 이상의 폭죽에 불을 붙인다. 우리가 일부 철학자들이 주장하듯 삶의 추상적 관념에 온 마음으로 매달리거나 우주 만물을 끝장낼 폭발적 사건을 철학자들이 주장하는 바의 절반만큼이라도 두려워한다면, 나팔 소리가 매시간 울리더라도 어느 누구도 그 소리를 따라 전투에 나가지 않을 터다. 출항을 알리는 깃발이 돛대에서 휘날려도 누가 출항하는 배에 오르겠는가? (이 철학자들의 주장이 옳다면) 우리가 얼마나 비장한 각오로 저녁 식탁의 일상적 위험에 맞서는지 생각해 보라. 식탁이야말로 역사상 어떤 전쟁터보다도 위험해서 아주 많은 우리의 선조들이 거기서 비참하게 뼈를 묻었다!

어떤 여자가 꾀임에 빠져 거친 바다보다도 위험한 결혼을 하겠다고 나서겠는가? 그리고 늙으면 어떻게 되는가? 인생 항로에서 어느 정도 나아가면 걸음을 내디딜 때마다 발밑 얼음이 얇아지는 것을 느끼고, 주위와 뒤에서 동시대인들이 빠지는 것을 본다. 70대에 들어 지속되는 삶은 기적일 뿐이다. 밤에 노쇠한 육신을 침대에 눕히는 노인이 다시 해를 보지 못할 가능성은 너무나 크다. 그가 실제로 그것을 염려할까? 아니, 전혀 그렇지 않다. 그들에게 더 즐거운 때는 없었다. 그들은 밤에 그로그를 마시고 추잡한 이야기를 늘어놓는다. 동년배나 그보다 젊은 사람의 부고가 들려오면 소름 끼치는 경고로 듣지 않고 다른 사람보다 오래 살았다는 단순하고 유치한 기쁨을 느낀다. 돌풍에 펄럭이는 촛불처럼 꺼지거나 비틀거리다가 유리조각처럼 산산이 부서지더라도, 그들의 심장은 여전히 건강하고 겁먹지 않은 채 웃음을 터뜨리며 노년 시절을 보낸다. 이 시기에 비하면 발라클라바 계곡[13]은 오히려 일요일의 동네 크리켓 구장처럼 안전하고 평화로웠다. (위험 요인만을 주목한다면) 쿠르티우스[14]가 깊은 구렁에 뛰어든 것이 90세 노신사가 옷을 벗고 침대에 들어가는 것보다 과감한 위업일지 의문을 제기해도 무방할 터다.

실로 죽음의 그림자에 덮인 계곡에서 인간이 얼마나 태연하고 명랑하게 말을 재촉하며 달리는지는 깊이 숙고할 만한

---

13   크림 전쟁의 전쟁터.
14   로마의 광장이 갈라져서 메워지지 않자 "로마의 가장 소중한 것을 던져 넣어라."라는 신탁에 따라, 그 속에 말과 함께 뛰어든 전설의 로마 청년.

중요한 주제다. 그 길은 황량하고 덫 천지이며, 길의 끝은 마지막 위기를 두려워하는 사람에게는 되돌릴 수 없는 파멸이다. 하지만 우리는 더비 경마를 구경하러 가는 일행처럼 그 계곡을 질주한다. 신격화된 로마 황제 칼리굴라의 변덕스러운 계략을 기억할 것이다. 그는 수많은 소풍객을 바이아 만 위의 다리에 올라가게 하고는 소풍객들이 한창 즐거워할 때 근위병을 풀어 그들을 바다에 내던졌다. 자연이 덧없는 인간을 다루는 방식을 축소해서 보여 주는 일례로서 이 일화는 나쁘지 않다. 다만 이 소풍에서 우리는 얼마나 파란만장한 경험을 하고, 신의 창백한 근위병들이 결국 우리를 얼마나 방대하며, 누구도 헤엄쳐서 건널 수 없는 물속에 던질 것인가!

우리는 성냥불이 깜박이는 찰나를 산다. 우리가 진저비어 병의 코르크 마개를 펑 뽑는 순간 지진이 우리를 삼킨다. 그런데 우리가 진저비어는 아주 중요하게 생각하면서도 모든 것을 파괴하는 지진을 거의 무시한다는 사실은 기묘하고, 앞뒤가 맞지 않고, 더할 나위 없는 불가사의 아닌가? 삶에 대한 사랑과 죽음의 공포는 그럴듯한 말이지만 생각할수록 이해하기 어렵다. 돛의 각도를 조절하는 밧줄을 단단히 붙들지 않고 쥠으로써 수많은 선박 사고를 면하는 것은 잘 알려진 사실이다. 하지만 신의 피조물은, 규율을 잘 지키는 전문 선원이나 얼빠진 농사꾼을 제외하면 누구나 밧줄을 꼭꼭 붙들어 맨다. 죽음에 직면한 인간의 둔감성과 무모한 과감성을 보여 주는 기이한 일례다!

우리는 고상한 형이상학적 용어를 일상 대화에 부적절하

게 끼워 넣어서 혼란을 자초한다. 우리는 임종이나 죽음이 다른 사람에게 미치는 결과를 제외하면 죽음이 무엇인지를 알지 못한다. 인생살이를 어느 정도 경험하더라도, 삶이라는 단어의 의미를 실제로 짐작할 만큼 높이 비상하여 초탈한 사람은 없다. 욥과 오마르 하이얌[15]부터 토머스 칼라일과 월트 휘트먼에 이르기까지 모든 문학은 오로지 생활의 고찰에서 인생의 정의로 올라서게 해 줄 폭넓은 관점으로 인간의 상황을 바라보려는 시도다. 현인들은 삶이 덧없는 망상이자 한 편 연극이고 꿈같은 속성을 지닌다고 말하면서 그들이 줄 수 있는 최대한의 만족감을 우리에게 준다. 보다 엄밀한 의미에서 철학은 수백 년간 같은 일을 해 왔다. 수많은 대머리들이 그 문제를 숙고하며 고개를 가로저었고, 수많은 단어가 메마르고 모호한 책 속에 차곡차곡 끝없이 쌓인 후에 철학은 다소 자랑스럽고 명예롭게 이 주제에 대한 의견을 우리 앞에 내놓았다. 즉 삶은 "감각의 영속적 가능성"[16]이라는 것이다. 참으로 멋진 결론이다! 사내는 쇠고기나 사냥이나 여자는 좋아할 수 있지만 감각의 영속적 가능성은 분명코 좋아하지 않는다! 그는 절벽을 무서워하거나 치과의나 곤봉을 든 거구의 적 혹은 장의사를 겁낼 순 있지만, 추상적 죽음은 두려워하지 않는다. 우리는 삶이라는 단어를 놓고 수십 가지 의미로 싫증 날 때까지 장난칠 수 있다. 세상의 모든 철학에 관해 논의할 수 있지만, 한 가지 사실은 언제나 참이다. 즉 우리가 삶을 사랑하는 것은 삶

15   11세기 페르시아의 시인이자 천문학자, 수학자.
16   존 스튜어트 밀은 자신이 콜카타를 보지 못했어도 그것은 존재하고 그곳의 주민들이 죽거나 떠나도 실체로 존재한다고 말하며 "물질은 감각의 영속적 가능성으로 정의될 수 있다."라고 설명한다.

의 항존(恒存)에 사로잡혀 있다는 의미가 아니라는 점이다. 정확히 말하면 우리는 삶(life)이 아니라 생활(living)을 사랑한다. 조심성이 전혀 없는 사람이라도 장래를 어느 정도 고려한다. 그렇지만 어떤 인간의 눈도 오로지 임종의 시간에 고착되어 있지 않다. 우리가 건강과 좋은 날씨, 포도주, 활동적인 직업, 사랑, 자기 인정을 어느 정도 기대하기는 하지만 이런 기대의 총합은 삶의 가능성과 결과에 대한 전반적 전망에 이르지 못한다. 또한 이런 기대를 가장 강렬하게 품는 사람은 일신상 안전에 세심하게 주의를 기울이지도 않는다. 생활의 우연적인 사건에 깊은 관심을 두고, 각양각색의 경험을 열정적으로 즐기다 보면 사람은 경고를 무시하게 되고 일말의 희망에 기대어 목숨을 걸기도 한다. 식이요법을 하며 건강을 위해 일정한 거리를 산책하는 사람보다는 위험한 곳에 밧줄을 묶는 산악 등반가나 단단한 울타리를 흥겹게 뛰어넘는 사냥꾼이 확실히 생활을 더 사랑한다.

이 문제의 양쪽에서 극히 불쾌한 허튼소리가 많이 들려온다. 맹렬한 성직자들은 인생을 너무 짧아서 변변치 못한 장례 행렬 차원으로 격하한다. 우울한 무신론자들은 굉장히 요원한 세계이기라도 한 듯이 무덤을 갈망한다. 양쪽 다 식탁 의자를 끌어당기고 앉아 저녁을 먹을 때 이따금 자신이 뱉은 말을 조금은 부끄러워해야 한다. 실로 맛있는 음식과 포도주 한 병은 그 문제에 관한 가장 일반적인 저서들에 대한 답변이 된다. 맛있는 음식으로 마음이 따뜻해질 때 사람은 궤변을 잊고 장밋빛 사색의 영역에 들어선다. 죽음이 지휘관의 동상처럼 찾아와 문을 두드려도, 다행히 우리 손안에 다른 것이 있으니 마음대로 두드리게 내버려 두라. 조종(弔鐘)이 온 세상에 울리고 있다. 온 세상에서 매시간 누군가는 통증과 황홀경에 작별을 고한다. 우리 앞에도 그 덫이 놓여 있다. 하지만 우리는 삶을 좋아하는 나머지 죽음에 대한 공포를 품을 여유가 없다. 삶은 우리에게 평생 지속될 밀월여행이고, 가장 긴 여행은 결코 아니다. 우리가 빛나는 신부에게, 식욕과 명예에, 허기진 마음의 호기심에, 자연을 바라보는 눈의 즐거움에, 민첩한 육신에 대한 자부심에 온 마음을 빼앗기더라도 이는 우리 잘못이 아니다.

우리는 감각의 중요성을 인정한다. 그러나 감각의 영속적 가능성에 관심을 두기 전에 사람은 대체로 머리가 다 벗어지고 감각은 몹시 둔해진다. 우리가 인생을 막다른 벽(프랑스식 표현으로는 자루 끝)에 이르는 오솔길로 여기든 고귀한 운명을 맞이할 순서를 기다리며 능력을 갈고닦는 대기실이나 체육관으로 여기든 간에, 설교단에서 우레같이 고함을 지르든 무신론적인 짧은 시집에서 삶의 공허와 덧없음을 훌쩍거리든 으레 건강하고 활기 넘치는 세월을 기대하든 영구차에 타기 이전 단계로서 환자용 의자에 앉으려 하든 간에, 이 온갖 관점과 상황에서 가능한 결론은 오직 하나다. 우리는 인간을 무기력하게 만드는 공포에 귀를 틀어막고 자기에게 주어진 경주에서 일편단심으로 달려야 한다는 것이다. 우리가 존경하는 사전 편찬자[17]는 죽음을 생각하며 누구보다도 큰 고통과 공포를 느끼고 움츠러들었지만 이는 그의 행위에 거의 영향을 미

17 영어 사전을 편찬한 새뮤얼 존슨 박사에 대한 언급.

치지 못했다. 그가 현명하고 과감하게 나아갔고 인생에 대해 매우 참신하고 활기차게 발언했음을 우리는 안다. 이미 노인이 되어서 그는 과감하게 하일랜드 여행에 나섰다. 세 겹의 놋쇠에 감싸인 그의 마음은 스물일곱 잔의 차도 마다하지 않았다. 평범한 남녀가 무엇보다도 갈고닦아야 할 자질은 용기와 지성이다. 인생에서 우리의 불안정한 상황을 인식하는 것이 지성의 시작이고 그 사실 앞에서 주눅 들지 않는 것이 용기의 시작이다. 너무 근심스럽게 앞날을 보지 않고, 과거에 대한 감상적 후회에 빠져 미적거리지 않으며, 정직하면서도 약간 저돌적인 태도는 이 세상을 살아갈 준비가 잘된 사람의 특징이다.

그런데 그런 사람은 자신의 인생을 위한 준비를 마쳤을 뿐 아니라 덤으로 좋은 친구이자 좋은 시민이 되기도 한다. 우리는 다정한 대접을 받고자 할 때 겁쟁이를 찾지 않는다. 극심한 공포만큼 잔인한 것도 없다. 자신의 시체를 두려워하지 않는 사람이라야 다른 사람을 배려할 여유가 있다. 볼품없는 신발을 신고 산책을 나가고 미지근한 우유만 먹으며 살아온 유명한 화학자는 자신의 소화 능력을 고려해서 매사를 적절히 재단해 놓았다. 이내 조심성이 시커먼 곰팡이처럼 뇌에서 자라기 시작하면 제일 먼저 관대하게 행동할 능력이 마비된다. 그 희생자는 정신적으로 위축되기 시작하고, 온도가 조절된 응접실을 좋아하며, 값싼 신발과 미지근한 우유를 원칙으로 삼아 도덕을 택한다. 중요한 몸과 영혼을 보살피는 데 정신이 팔려 있기 때문에, 바깥세상의 온갖 소음은 온도가 조절되는 응접실에 가늘고 희미하게 들려온다. 볼품없는 신발은 핏물과 빗물을 태연히 넘어간다. 지나치게 신중하면 경직되어 버린다. 망설임에 빠진 사람은 결국 꼼짝 못 하고 서 버린다. 그런데 자기 생각을 숨김없이 드러내고, 획획 돌아가는 풍향계 같은 두뇌를 지니고, 제 인생을 과감하게 이용하고 쾌활하게 위험을 무릅써야 할 것으로 여기는 사람은 전혀 다른 방식으로 세상과 교류한다. 그의 맥박은 진실하게 빨리 뛰고, 그 자신은 달려가면서 추동력을 얻는다. 이윽고 그가 도깨비불보다 나은 것을 향해 달려간다면 높이 뛰어올라 결국에 별이 될 터다. 하늘이 자신의 건강을 보살피고 영혼을 돌봐 준다고 그는 말한다. 그는 요새를 공격 개시하고, 목표를 향해 모순과 위험을 뚫고 힘차게 돌진한다. 우리 주위에 널려 있는 죽음은 그의 주위에 포대를 배치하고 그를 겨눈다. 그는 불운한 기습 공격에 포위된다. 점잔빼는 친구와 친척은 그가 나아가는 길을 향해 애도하듯 다 같이 두 손을 든다. 그가 그런 사람들에게 무슨 관심이 있겠는가? 삶을 진정으로 사랑하고, 진취적이고 자발적인 것이 내면에서 용솟음치므로 그는 피를 끓게 하는 치명적 전투에 나간 병사처럼 목적지에 도달할 때까지 최고 속도로 밀고 나가야 한다. "귀족이 되거나 웨스트민스터 사원에 묻히자!"라고 넬슨은 활기차게, 소년처럼 용감하게 소리쳤다. 이는 큰 동기다. 그러나 어느 나라에서든 용감하고 쓸모 있는 남자들은 이런 동기를 위해서가 아니라, 살아 있다는 소박한 만족감을 위해서, 해야 할 일에 어떤 식으로든 착수한다는 단순한 만족감을 위해서, 위험의 쐐기풀을 밟고 조심성의 온갖 걸림돌을 날아가듯 건너뛰었다. 존슨의 용감한 행위를 생각해 보라. 그로 하여금 사전 편찬 작업에 착수하여 끝까지 의기양양하게 완수하게 한, 치명적 제약에 대한 지극한 태연함을 생각해 보라! 전반적인 세상사를 신중하게 고려하는 사람이라면 어느 누가 하찮은 엽서를 쓰는 것 이상으로 중요한 일에 착수하겠는가? 새커리와 디킨스가 연재 도중에 쓰러지고 말았을 때 어느 누가 연재소설을 기획하겠는가? 자신의 죽음을 염두에 둔다면, 어느 누가 삶을 시작할 용기를 찾을 수 있을까?

　　그런데 결국, 이렇게 투덜대는 것은 얼마나 유감스럽고 가련한 일인가! 온도가 일정한 응접실에서 살아가는 인생의 결말을 간과하다니! 그런 인생은 수백 번 거듭 죽는 것이고, 그것도 십 년 내내 죽은 상태가 아닌가! 사망으로 인한 슬픈 면책도 받지 못하고 살아서 죽은 것이 아닌가! 마치 죽은 것이 아니라 자신의 가련한 변화를 참을성 있게 관람하는 듯이! 영속적 가능성은 보존되어도 감각은 암실에 보관된 사진 건판처럼 접근할 수 없는 곳에 신중하게 간직된다. 건강을 구두 쇠처럼 조금씩 허비하기보다는 낭비벽이 있는 사람처럼 단번에 잃는 편이 낫다. 병실에서 매일 죽는 것보다는 사는 듯이 살고 끝내는 편이 낫다. 어떻게 해서든 여러분의 책을 쓰기 시작하라. 의사가 일 년을 장담하지 않더라도, 한 달을 놓고 주저하더라도, 용감하게 밀고 나가 일주일 안에 무엇을 이룰 수 있는지 보라. 완성된 일에 대해서만 유용한 노고를 존중해야 하는 것은 아니다. 무언가를 이루려는 의도를 품은 사람의 정신은 불시에 다가온 죽음보다 오래 남는다. 온 마음으로 좋은 일을 하려고 의도한 사람은 그것에 서명할 시간이 되기 전에 죽더라도 좋은 일을 한 것이다. 힘차고 쾌활하게 고동친 마음은 희망찬 충동을 세상에 남겼고 인간의 전통을 개선해 왔다. 벌어진 함정처럼 죽음이 원대한 계획을 세우고 방대한 기초를 마련하며 희망에 상기된 얼굴로 자랑을 쏟아내려는 사람을 한창때에 사로잡는다면, 그들은 당장 곱드러져 침묵할 터다. 이런 종말에는 어딘가 용감한 기백이 있지 않은가? 모래 삼각주의 맨 끝에 비참하게 뒤처지기보다는 벼랑 위에서 온몸에 비지땀을 흘릴 때, 인생은 한결 품위 있게 가라앉지 않을까? 신이 사랑하는 사람은 일찍 죽는다는 멋진 말을 그리스인들이 만들었을 때 이런 죽음을 염두에 두었으리라고 믿을 수밖에 없다. 왜냐하면 분명, 그런 사람은 몇 살에 죽음에 사로잡히든 젊어서 죽는 셈이기 때문이다. 죽음은 그의 가슴에서 환상을 빼앗지 못했다. 뜨겁고 열렬한 인생에서 그는 존재의 정점에 발끝으로 서서는 단숨에 뛰어올라 건너편으로 넘어간다. 망치와 끌의 소음이 가라앉지 않고 나팔 소리가 끝나지 않았을 때 영광의 구름이 뒤따르는 가운데 이 행복한 운명의 열렬한 정신은 정령의 땅으로 쏜살같이 날아간다.

심술궂은 노년과 청춘[18]

알다시피 우리 엄마는 이따금 아주 유별나게 언쟁을 벌이시죠. 적어도 늘 열띤 어조로 말하세요. 엄마와 의견이 다를 때가 종종 있는데, 우리 둘 다 자기주장을 아주 중요하게 생각하기 때문에 기분 좋게 서로를 설득하는 경우는 거의 없어요. 격렬한 논쟁에 흔히 있는 일이죠. 엄마는 내가 너무 재간을 부린다고 하시는데, 구어적으로 말하면 건방지다는 뜻이에요. 나는 엄마가 너무 현명하다고 하지요. 그 말도 마찬가지로 영어로 옮기자면, 엄마가 예전만큼 젊지 않다는 거예요.

하우 양이 할로 양에게 보낸 편지, 『클래리사2』

일반적으로 소심함과 신중함을 역설하는 격언은 큰 지지를 받는다. 열의와 희망에 가득 찬 인간의 감정은 다소 가감해서 받아들여야 한다고 여겨진다. 그러나 그 인간이 수치스

---

18   셰익스피어의 작품으로 추정되는 시의 제목. 노인과 청년은 너무 달라서 어울릴 수 없다는 주제를 담고 있다.

럽게도 실패했고 식언(食言)하기 시작하면 그의 말에 신탁처럼 귀 기울여야 한다. 요긴한 금언이란 평범한 사람들이 야심 찬 시도를 감행하지 않도록 막고 대체로 그들의 범속성을 달래기 위한 것이다. 평범한 사람이 인류 대다수를 차지하므로, 이는 의심할 바 없이 매우 적절한 일이다. 그러나 어떤 명제가 다른 명제보다 덜 진실한 것도 아니고, 이카로스[19]가 성공한 상인 새뮤얼 버지트보다 찬사와 시샘을 더 받아선 안 되는 것도 아니다. 물론 이카로스는 죽었고 새뮤얼 버지트는 지금도 자기 회계실에 앉아 돈을 세고 있다. 의심할 바 없이 이것은 고려해야 할 사실이다. 그러나 다른 한편 고귀한 인종과 성품에 공통되는 과감함과 관대함을 역설하는 격언이 있다. 이는 실패하는 쪽의 장점을 피력하고, 살아 있는 개보다는 죽은 사자가 되는 편이 낫다고 선언한다. 평범한 사람들이 이런 격언을 자신의 격언과 어떻게 조화하는지 짐작하기는 어렵다. 그들의 격언에 따르면, 선원이 되는 젊은이는 지독한 바보다. 평생 우산을 챙겨 다니는 것이 어떤 시련이든 웃으며 감수하는 것보다 고귀하고 현명한 업적으로 보인다. 고로 약간 겁쟁이로서 돈 문제에 융통성 없이 구는 사람은 인간의 의무를 다하는 셈이다.

솔로몬에서부터 벤저민 프랭클린과 불경한 비니[20]에 이르는 모든 스승이 예의와 조심성, 체면이라는 동일한 이상을

---

19 그리스 신화에서 밀랍으로 붙인 날개를 달고 하늘을 날다가 태양에 가까이 접근해서 밀랍이 녹아 떨어져 죽은 인물.

20 영국 국교에 반발하여 조합 교회를 세우고 노예제 반대 운동에 참여했으며 유명한 설교문을 남긴 토머스 비니(1788~1874)에 대한 언급인 듯하다.

거듭 강조한 반면에 이런 계율에 저항한 역사상 악명 높은 인물들이 지나친 찬사를 받았고 상업 중심가에 세워진 공적 기념비로 명예를 누린다는 사실은 평범한 사람들이 이해하기 어려운 점이다. 이런 사실은 도덕의식에 혼란을 야기한다. 가령 잔 다르크는 초라하지만 정직하고 점잖은 부모 슬하의 삶을 박차고 나와 프랑스의 적군에 대항하는 난폭한 군인들 사이에서 대령이 된다. 분명 딸들의 모범으로 삼기에는 우울한 실례다. 또한 콜럼버스는 아메리카 대륙을 발견했을지 몰라도 모든 상황을 고려해 볼 때 더없이 경솔한 항해사였다. 그의 전기는 젊은이에게 읽히고 싶지 않은 책이다. 아니 그 책은 모험과 인생의 파괴적 영향력을 상징하는 붉은 깃발이라서 젊은이들이 알지 못하도록 최선을 다해 막고 싶다. 실무적인 태도를 지닌 사람에게는 불합리한 데다 충격적으로까지보일 공적을 세운 역사적 인물을 일일이 나열하자면 시간이 부족하다. 이 모순은 의미심장하다. 이 때문에 평범한 사람들은 더욱 고귀하고 현저한 국가적 삶의 양상에 대해 특이한 태도를 취하게 되리라고 생각한다. 그들은 「리용의 메일」[21] 공연을 관람할 때와 똑같은 기분으로 발라클라바의 돌격[22]에 대해 읽을 것이다. 《타임스》를 손에 든 자산가들은 사업의 번창 정도에 따라 오케스트라석이나 특별관람석에 편안히 앉는다. 우스꽝스러운 삼각모를 쓰고 떨어지는 포탄 사이로 질주하는 장군들, 배우로 고용되려고 얼굴에 자토를 발라 체신을 떨어

---

21 영국 작가 찰스 리드의 희곡으로 1854년에 초연된 후 대단한 인기를 누렸다.

22 크림 전쟁 중 1854년 발라클라바에서 경비대가 돌격한 사건으로 지휘관들 간의 잘못된 의사 전달 탓에 대패하게 되었다.

뜨리는 배우들은 고맙게도 다른 계층에 속한다. 우리는 거친 바람 속에서 무의미하게 제멋대로 달리는 구름을 바라보듯이 그들을 바라보거나 고대의 근사한 기록에 나오는 인물에 대해 읽는다. 그들이 영국 역사 교과서 첫 장에 포함된 결과로 우리 자손이 옷을 벗고 온몸을 푸르게 칠하지 않듯이 그들의 행위를 모방하려고 생각지 않기를 바라자.

조심성을 피력하는 격언은 실제로는 존중받지 못하지만 이론상으로는 확고한 입지를 고수한다. 동일한 풍조의 또 다른 예는 인생에 대한 노인의 의견이 궁극적인 것으로 받아들여진다는 점이다. 젊음의 환상에 대해서는 온갖 것을 감안하지만, 노년의 환멸에 대해서는 전혀, 거의 아무것도 감안하지 않는다. 노신사가 머리를 가로저으며 "아, 내가 자네 나이였을 때는 그리 생각했네."라고 말하면 온당한 조롱으로 여겨지고 어떻든 문제를 논리적으로 결론짓는다고 여겨진다. 젊은이가 "어르신, 제가 어르신의 나이가 되면 그렇게 생각하겠지요."라고 대꾸하면 대답으로 받아들여지지도 않는다. 그러나 둘 다 마찬가지다. 오는 말에 가는 말이고, 장군 멍군이고, 막상막하다.

"평범한 남녀에게 의견이란 형성되는 과정의 지식일 뿐이다."라고 밀턴은 말했다. 이른바 의견이란 모두 진리에 이르는 노상의 단계다. 어떤 사람이 반드시 더 멀리 나아가는 것은 아니다. 하지만 그가 실로 세계에 대해 깊이 숙고하고 결론을 끌어냈다면 그만큼 멀리 나아간 셈이다. 주입식으로 얻은 판에 박힌 말은 여기 해당되지 않는다. 그것은 제2의 아동기와 무덤으로 이어지는 노상의 단계일 뿐이다. 유행하는 슬로건을 입에 올리는 것은 의견을 품은 것과 다르고, 의견을 스스로 구축한 것과는 더더욱 다르다. 사람들이 뭔가 주장한답시고 내뱉는 이런 슬로건이 세상에는 너무 많다. 이런 슬로건은 지적인 논박으로 통용되고, 많은 점잖은 사람들이 오직 이런 슬로건에 기대어 살아간다. 그것은 이면의 어떤 모호한 이론 체계를 대변하는 듯싶다. 대영 제국의 위엄이 일부 경찰의 경찰봉에 들어 있듯이, 압도적인 주장이 가득한 대형 책에 담겨 있으리라고 가정되는 미덕이 그런 슬로건에 들어 있는 듯하다. 아둔한 사람들이 라틴어를 귀신 쫓는 주문으로 쓰면서 망치듯이, 이런 슬로건은 순전히 미신으로 사용된다. 다만 무익한 논의를 억제하고 아기들과 젖먹이들의 입을 막는 데는 꽤 쓸모가 있다. 젊은이가 지적 성장의 어떤 단계에 이르러 이런 논박을 검토한다면 재미있기도 하고 마음을 강화하는 지적 훈련으로 삼을 수 있을 것이다.

나는 파리에 도달한 지금 뉴헤이븐과 디에프를 거쳐 온 것이 부끄럽지 않다. 들르기 아주 좋은 곳들이었고, 그렇게 거쳐 왔어도 목적지에 도달했다. 내가 예전에 지녔던 의견은 지금 갖게 된 견해에 이르는 노상의 여러 단계였을 뿐이고, 지금의 견해도 다른 견해로 이르는 단계에 불과하다. 나는 젖 먹는 아기였던 시절이 부끄럽지 않듯이 내 나름의 만능 해결책을 지닌 맹렬한 사회주의자였던 것이 창피하지 않다. 물론 세상은 수많은 면에서 전적으로 옳다. 하지만 이 사실을 확신할 수 있으려면 조금은 혹독한 시련을 받아야 한다. 그러면서 뭔가를 하고, 뭔가가 되고, 뭔가를 믿어야 한다. 마음을 정확히 균형 잡힌 공백 상태로 유지하는 것은 가능하지 않다. 설사 가능하다 하더라도 여러분이 궁극적으로 올바른 결론에 이르기보다는 균형 잡힌 공백 상태로 남을 가능성이 높다. 중간 단계에 있을 뿐이더라도 열정을 품은 것은 나중 회고할 때 부끄러워할 일이 아니다. 성 바오로가 대단히 열성적인 바리새인이 아니었더라면 냉정한 기독교인이 되었을 것이다. 나 자신을 돌아보면 사회주의자였던 시절이 약간 유감스럽게 여겨진다. 나는 사회의 어마어마한 변화를 이른바 거대한 맹목적 힘에 맡기는 편이 낫다고 확신했더랬다. 그 맹목성은 유심히 응시하는 인간의 협소하고 편파적인 시각보다 훨씬 현명하므로. 이제 보면 내가 세운 도식이 들어맞지 않는 듯하다. 내가 들어 본 모든 도식은 미덕의 어떤 요소를 장려하면서 그만큼 다른 요소를 억누르고자 했다. 세월이 흘러 이처럼 보수주의자가 되면서 나는 인간의 견해라는 공통된 궤도에서 평범한 변화의 순환을 거치며 나아가고 있음을 깨닫는다. 나이가 들고 체온이 떨어지면서 생기는 통풍이나 흰머리를 감수하듯이 이런 변화를 순순히 받아들인다. 하지만 이것이 나은 변화라고 인정하는 것은 아니다. 개탄스럽게도 더 나쁜 변화일 것이다. 나는 이런 변화에 대한 선택권이 없고, 비틀거리며 쇠락하는 내 육신을 막을 수 없듯이 마음의 이런 동향도 막을 수 없다. 내가 목숨을 오래 부지하게 된다면, 흔히 통용되는 말처럼 어떤 고질적인 욕망이 사라진 후에도 살아 있을 것이다. 그러나 나는 빨리 그렇게 되려고 안달하지 않고, 또한 그때가 되어도 그렇게 오래 산 것을 뽐내지 않으려고 한다. 마찬가지로 나는 사회주의의 동화처럼 아름다운 이야기에 대한 믿음을 잃은 후에도 살아 있음을 그리 자랑스럽게 여기지 않는다. 노인들에게는 이들 나름의 결함이 있다. 이들은 비겁하고 인색하며 의심을 품는 경향이 있다. 경험이 늘어서인지 체온이 떨어져서인지 노인은 이런 결함 및 다른 결함으로 나아가는 것 같다. 따라서 내가 어떤 의미에서는 진실을 향해 나아가기를 희망하는 반면에 다른 의미에서는 의심할 나위 없이 이런 과오와 그 근원을 향해 서둘러 나아가고 있다는 결론이 이어진다.

때로 풍부한 가능성을 예견하고 때로는 언뜻 스친 신중함에 얼어붙어 지식의 이런저런 귀퉁이를 움켜쥐려 하면서 곤두박질치듯 흘러가는 세월은 인간을 휩쓰는 급류 같다. 인간은 바위에 부딪히기도 하고, 계속 이어지는 물보라와 얼마간 씨름할 때도 있다. 그러다가 마침내 나가떨어져 어둡고 바닥 모를 바닷속에 가라앉는다. 우리는 흘끗 보고 얼핏 감지할 뿐이고, 제 지론에서 찢겨져 나와, 빙글빙글 돌면서 삶의 이런저런 관점을 마주한다. 마침내 자기 의견을 끝까지 고수할 수 있는 자는 바보나 불한당뿐이다. 우리는 삶의 어떤 상황을 보고는 그것을 연구했다고 말한다. 하지만 우리가 가장 공들여 세운 견해는 한낱 인상에 지나지 않는다. 숨 돌릴 틈이 생기면 그 기회를 잡아 수정하고 조절해야 한다. 그러나 이처럼 정신없이 서둘러 달려가는 동안에, 소년이다 싶으면 어른이고, 사랑에 빠졌다 싶으면 결혼했거나 차였고, 어떤 연령대에 이르렀다 싶으면 다른 연령대가 시작되었고, 완전히 어른이 되었다 싶으면 무덤을 향해 쇠락하기 시작한다. 이처럼 혼란스럽고 덧없이 흘러가는 상황에서 일관성을 찾거나 명료하고 영속적인 견해를 기대하는 일은 헛되다. 의견을 형성하는 것은 작은 방에서 사물을 소량 실험하는 과학이 아니다. 우리는 권

총을 머리에 댄 채 이론을 세운다. 시간이 다하기 전에 우리가 직면한 일련의 새로운 상황에 대한 판단을 내려야 할 뿐 아니라 조치를 취해야 한다. 그런데 우리 자신도 불변의 항수로 간주할 수 없다. 이처럼 만물이 유전하는 상황에서 우리 정체성은 끊임없이 변화하는 듯하고, 가장무도회에서 내 가면이 가장 이상하게 보이는 경우도 드물지 않다. 시간이 지나면서 싫어했던 것을 좋아하게 되고 좋아했던 것을 싫어하게 된다. 밀턴이 예전처럼 지루해 보이지 않고 에인즈워스[23]는 그리 재미있어 보이지 않는다. 나무에 기어오르는 일은 분명 더 어려워졌고, 가만히 앉아 있는 것은 전처럼 어렵지 않다. 허세를 부려 봐야 소용이 없다. 숨바꼭질 세 번의 멋진 승부도 어째서인지 묘미를 잃었다. 우리의 특성은 조절되거나 달라진다. 그에 따라 의견도 조절되거나 달라지지 않는다면, 인생을 제대로 살지 못한 것이다. 스무 살의 견해를 마흔에도 똑같이 지니고 있다면 이십 년간 얼빠져 지내 온 것이고, 예언자는커녕 회초리로 많이 맞아도 현명해지지 않는 고집불통이 된 셈이다. 이는 런던 항에서 인도로 출항한 선장이 출발할 때 템스 강 지도를 들고 갑판에 나와서는 고집스럽게 항해 내내 다른 지도는 사용하지 않는 거나 마찬가지다.

그런데 그레이브젠드[24]에서 홍해 지도를 들고 출발하는 것도 그 못지않게 어리석다. "젊은이에겐 경험이 없고, 노인에겐 힘이 없다."라는 견해는 꽤 그럴싸하지만, 반드시 옳지

---

23 『런던 탑』(1840) 등을 쓴 영국 역사 소설가.

24 영국 동남부의 항구 도시.

는 않다. 절반의 경우에 젊은이의 문제는 알지 못하는 것이 아니라 선택하지 않는 것이다. 약간 불경한 추론이기는 하지만, 노인의 현명한 결정은 우리가 기꺼이 인정하는 것 이상으로 힘의 결핍에 관련한다. 지식을 그대로 지닌 채 노인을 다시 젊어지게 한다면 유익한 실험이 될 것이다. 그는 돈을 결국 저축은행에 넣지 않을 것이다. 우리가 기대하듯 경탄스러운 아들이 될지도 의심스럽다. 그가 사랑에 빠지면, 포악성에 있어 헤롯 왕을 능가하고 새 동년배들이 얼굴을 붉히도록 처신하리라고 확신한다. 신중함이란 목조 신상(神像)이다. 그 신상 앞에서 벤저민 프랭클린은 고위 성직자의 당당한 태도로 걷고, 그 뒤에서는 많은 성공한 상인들이 아티스[25]의 자격으로 춤춘다. 그러나 그것은 젊은 시절에 갈고닦을 신성이 아니다. 고령의 노인이 자신의 경솔함을 한탄하리라는 것은 부정할 수 없다. 하지만 내가 보기에는 자신의 젊은 시절을 더 진정한 어조로 쓰라리게 한탄하는 경우가 허다하다.

노년은 맨 마지막 시기이므로 존중해야 한다고 흔히 말한다. 청춘이 제일 먼저 온다는 것도 그만큼 중요한 사실로 보인다. 나아가 많은 사람들에게 노년은 결코 오지 않는다고 덧붙인다면, 저울대의 한쪽이 가벼워져 툭 튀어 오를 것이다. 승승장구하던 사람도 질병과 사고로 일을 중단하고 만다. 죽음에는 비용이 전혀 들지 않는다. 묘비 비용은 즐거운 상속자에게 하찮은 푼돈에 불과하다. 야심적인 계획을 한참 추진하다가 갑자기 생명을 잃는다면 아무리 낙관적으로 보더라도 대단히

---

25 프랑스 작곡가 장바티스트 륄리의 오페라 「아티스」(1676)의 주인공으로 키벨레 여신의 총애를 받은 제사장.

비극적이다. 그런데 어떤 사람이 자기 목숨을 소중하게 생각해서 절대로 오지 않을 축제를 위해 모든 것을 저축한다면, 이는 코미디에 가까운, 아주 우스꽝스럽게 심금을 울리는 비극이 된다. 그 희생자는 죽음을 맞고 꾀를 부리다가 제 꾀에 넘어갔다. 이렇게 결합된 재앙은 잔인하지만, 그럼에도 우스꽝스럽다. 자기가 좋아하는 클라레 적포도주가 쉬어 빠지도록 절약하는 것은 결코 영리한 방침이 아니다. 포도주 저장실을 통째로 절약한다든가 온몸을 절약한다면 얼마나 더 어리석은 일인가! 사람은 축복받은 불멸을 자신 있게 믿고 기대하면서 쾌활하게 자기 삶을 내려놓을 수 있다. 그러나 그것은 다분히 의심스러운, 아니 다가올 것 같지 않은 노년에 더 맛있는 죽을 먹겠다는 희망으로 청춘을 그 온갖 경탄스러운 기쁨과 함께 포기하는 것과는 다른 문제다. 디저트가 나올지 안 나올지 모르면서 풀코스의 정찬을 거절하고 식욕을 비축해 두려는 배고픈 사람을 칭찬해서는 안 된다. 무모함이란 바로 이런 것임이 분명하다. 우리는 바닥에 물이 새는 배를 타고 거칠고 위험한 바다를 항해한다. 해군의 구슬픈 옛 노래에서 한 구절을 따오면, 우리는 인어의 노래를 들었고 마른땅을 결코 다시는 볼 수 없으리라는 것을 안다. 늙거나 젊거나 우리 모두 마지막 유람 중이다. 담배 한 대를 가진 선원이 있다면 출발하기 전에 부디 한 모금씩 돌려 피우기로 하자!

노인들 말에 따르면 이처럼 노년을 위한 소심한 준비는 실로 헛수고일 뿐이다. 우리는 잔뜩 경계하며 보초를 서는 중인데, 결국 우리를 만나러 오는 이는 친구다. 해가 넘어가고 서쪽 하늘이 흐려진 후 빛나는 별이 하늘을 채우기 시작한다.

그처럼 우리가 나이 들어 가면서, 고르고 규칙적인 감정이 격렬하게 요동치는 열정과 혐오감을 대신한다. 희망을 억누르는 힘이 걱정도 잠재운다. 기쁨이 그리 강렬하지 않다면 고통은 한층 가벼워져 견딜 만해진다. 한마디로 기근을 대비하듯 모든 것을 축적해서 대비하려는 시기는 본질적으로 인생에서 가장 풍부하고 편안하고 행복한 때다. 아니 젊음은 그 자체의 일을 해 나가고 그 나름의 행복한 영감을 따름으로써 노년의 여가를 마련하기 위해 최선을 다한다. 바쁘고 충만한 젊음은 자족적이고 독립적인 노년을 열어 주는 유일한 서곡이다. 얼뜨기는 어쩔 수 없이 따분한 사람이 된다. 예순네 살에 낭만적인 여행을 처음 떠난 존슨 박사 같은 사람은 많지 않다. 몽블랑 산을 오르거나 이스트엔드[26] 도둑들의 부엌에 들어가거나 잠수복을 입고 내려가거나 풍선을 타고 올라가고 싶다면, 아직 젊을 때 시작해야 한다. 신중함으로 무장하고 류머티즘으로 절뚝거리며 "침대 밖으로 나오면 중력이 어떤 영향을 미칩니까?"라는 질문을 들을 때까지 미뤄서는 안 된다. 청춘은 마음과 몸이 세상의 한끝에서 다른 끝까지 동에 번쩍, 서에 번쩍 하며 나다닐 때다. 다른 나라의 풍속을 체험해 보고, 한밤중 종소리를 들으며, 도시와 시골에서 일출을 보고, 어떤 부흥회에서 개종하며, 형이상학을 두루 섭렵하고, 미숙한 시를 쓰고, 불구경을 하러 1.6킬로미터를 달려가며, 「에르나니」[27]에 갈채를 보내려고 하루 종일 극장에서 기다릴 때다. 젊은 혈기의 방종에 대한 옛말에는 일말의 의미가 있다. 원기 왕성한 시

---

26   전통적으로 노동자 계층이 사는 런던 동부 지역.

27   1830년에 초연된 프랑스 작가 위고의 운문 연극.

절의 병을 앓지 않고 그 시절을 영원히 끝내 버린 사람은 예방 접종을 받지 않은 아기처럼 믿을 수 없는 대상이다. 마지막 소설이 나올 때까지 젊음을 화려하게 잘 간직해 온 사람이었던 비컨스필드 경[28]은 "참으로 놀랍게도, 경험 없는 젊은이의 감정은 매시간 격동적으로 변한다."라고 말했다. 이 유동성은 젊은이가 보살펴야 할 특별한 재능이고, 일종의 순결성이며, 큰 위험을 겪어도 다치지 않고 더러운 진창길을 지나도 진흙이 덕지덕지 묻지 않게 해 줄 마술 갑옷이다. 젊은이가 항해에 나서고, 사색하고, 볼 수 있는 것을 모두 보고, 할 수 있는 것을 모두 하게 하라. 그의 영혼은 고양이처럼 목숨이 여러 개 달려 있다. 그는 어떤 기후에서도 살아갈 테고, 조금도 나빠지지 않을 것이다. 젊은 시절에 꽤 많은 기회가 있는데도 결딴나는 사람은 처음부터 구해 줄 가치가 없다. 그런 사람은 강철이나 불, 분노나 진정한 기쁨으로 이뤄지지 않고 접합제와 포장용 실로 이어 붙인 허약한 인간임에 틀림없다. 그들의 부모를 측은하게 여길 수 있지만 그들에 대해서는 애도할 이유가 별로 없다. 솔직히 말하자면 나약한 형제는 최악의 인간이기 때문이다.

고개를 저으며 "아, 내가 자네 나이였을 때는 그리 생각했지."라고 말할 때 노인은 젊은이의 주장을 입증한 것이다. 물론 노인은 경험이 많아서인지 체온이 떨어져서인지 더 이상은 그렇게 생각하지 않는다. 하지만 젊었을 때는 그렇게 생각

28 비컨스필드 경은 빅토리아 시대의 정치가 벤저민 디즈레일리다. 작가이기도 했던 그의 마지막 소설은 『로시어』(1870)다.

했다. 누구나 젊은 시절에는 아침이나 5월의 산사나무에 이슬이 맺혀 있으므로 그렇게 생각한다. 그런데 여기 또 다른 젊은이가 이전 세대의 표에 자기 표를 보태고 일련의 증언에 또 다른 고리를 잇는다. 젊은이가 경솔하고 지나치게 자만하며, 긴밀히 맺어진 친구와 패거리 속에서 살아가고, 갓 포획된 야생동물처럼 우리를 두들겨 대는 것은 자연스럽고 타당하다. 노인의 머리가 하얗게 세고, 어머니가 자기 자식을 사랑하고, 영웅이 자기 목숨보다 가치 있는 것을 위해 죽는 것이 자연스럽고 타당하듯이.

조언해 주려는 유혹을 평소보다 더 많이 느끼는 노인에 대한 예화로 짧은 이야기를 추천하고 싶다. 장난감을 (특히 납으로 만든 병정을) 유난히 좋아한 한 아이가 자라서 소년이 되었는데도 이 유치한 취미가 사라지지 않았다. 열세 살이 되어서도 장난감 상자를 갖고 너무 오래 논다고 놀림을 익히 받았다. 납 병정을 갖고 놀다가 들키면 아이는 얼굴을 붉혀야 했다. 감옥의 그림자가 아이를 맹렬히 포위하고 있었다. 어린애의 생각을 어른의 언어로 옮기는 일은 무엇보다도 어렵지만, 이 시점에서 아이가 깊이 생각한 결과는 이러했다. "조만간 장난감을 반드시 포기해야 해. 쓸데없는 조롱에 맞서서 나를 지킬 수 없을 테니까. 그렇지만 장난감이 인생에서 제일 좋은 거라고 믿어. 모두들 나이 많은 사람에 대한 소심한 존중심에서 장난감을 포기하는 거야. 가급적 빨리 장난감을 되찾지 않는 것은 아둔해져서 잊어버리기 때문이야. 나는 그보다 현명해지겠어. 얼마 동안은 바보 같은 세태를 따르겠어. 하지만 돈을 충분히 벌면 은퇴해서 죽는 날까지 장난감 속에 처박혀 살 거야." 혹은 이 소년은 기차를 타고 칸과 프레쥐스 사이의 에스테렐 산을 따라가다가 작은 만의 경사진 기슭에서 오렌지 과수원 속 예쁜 집을 보았고 이곳을 자신의 행복한 골짜기로 삼아야겠다고 결정했다. 돌아온 정의여! 어린 시절이 다시 돌아올 테니! 이 생각은 킨키나투스[29]에게 어울릴 법한 소박한 품위를 풍기는 듯하다. 하지만 독자들이 아마 예상했듯이, 그 생각은 결코 실행에 옮겨지지 않을 테고 변화하는 상황에서 이러쿵저러쿵할 것 없이 달라진다. 꽃봉오리 속에 벌레가 있었고, 전제에 치명적인 오류가 있었다. 아동기는 지나가기 마련이고, 그러고 나면 노년기가 반드시 다가오면서 청춘도 확실히 지나가 버린다. 진정한 지혜란 늘 시의 적절한 것이고, 변화하는 환경에서 선선히 달라지는 것이다. 어린아이였을 때는 장난감을 좋아하고, 젊은 시절을 모험적이고 명예롭게 이끌어 가고, 때가 되어 정정하고 쾌활한 노년에 정착한다면 인생의 훌륭한 예술가가 되는 셈이므로 여러분과 이웃의 찬사를 받아 마땅하다.

여러분은 젊은 시절의 엉뚱한 짓을 조금도 후회할 필요가 없다. 일면으로는 정도를 넘어선 것이었을 테고, 이는 노년의 기행이 다른 면에서 상도를 넘는 것과 마찬가지다. 그러나 여기에는 한 가지 중요한 점이 있다. 그런 엉뚱한 언행은 여러분의 나이에 걸맞은 것으로서 그 연령대의 태도와 열정을 표현했지만, 여러분의 외부에 있는 것과 관련되어 있었고 현재 상황에 대한 비판을 내포하고 있었다. 그 비판이 편파적이었음

29   전원생활을 하다 부름받아 로마 집정관이 된 고대 정치가.

을 이제 깨달았다고 해서 그것이 부당했다고 인정할 필요는 없다. 말실수뿐 아니라 모든 실수는 현재의 진실이 불완전함을 진술하는 강력한 방식이다. 젊은이의 어리석은 행동은 아기나 젖먹이의 당혹스러운 질문 못지않게 건전한 이성에 바탕을 두고 있다. 그들의 반사회적인 행동은 우리 사회의 결함을 가리킨다. 급류에 휩쓸린 사람이 바위에 부딪혀 비명을 지를 수 있고, 때로 그 비명이 어떤 이론으로 표출되더라도 놀랄 필요는 없다. 셸리는 영국 국교회에 대해 애를 태우다가 모든 악의 치유책을 보편적 무신론에서 찾아냈다. 마음이 넓은 젊은이들은 사회 불의에 속을 태웠고, 그 치유책으로서 모든 제도의 폐지와 무정부주의의 천국만을 보았다. 셸리는 어리석은 청년이었다. 잘난 체하는 혁명가들도 마찬가지다. 하지만 죽은 듯이 있느니 바보가 되는 편이 낫다. 삶의 격렬한 충돌과 부조화를 전혀 감지하지 못하고 일어나는 모든 일을 절망적으로 아둔하게 받아들이기보다는 자신의 지론을 비명처럼 내지르는 편이 낫다. 어떤 사람은 우주를 알약처럼 꿀꺽 삼키고 뒤에서 떠밀려 미소 짓는 형상처럼 세상을 살아간다. 제발, 스스로를 웃음거리로 만들 만한 두뇌를 지닌 젊은이를 내게 보내 달라! 그 밖의 사람들에 대해서는 역설적인 현실이 그 일을 도맡아서, 익살극이 끝나기 전에 본격적으로 그들을 웃음거리로 만들 것이다. 마지막 날에는 대대적으로 쓸어 내고 베어 내게 될 것이다. 스스로를 현명하다고 평가하고 청춘이 노년에 건네주는 거친 교훈을 배우지 못한 사람들은 얼굴을 붉히며 몹시 당혹스러운 표정을 지을 것이다. 실로 우리가 여기 지상에서 우리의 성격을 완벽하게 완성하고 키우고 강화하며, 장차 고귀해질 삶에 대비해 더욱 공감적이 되려면, 아직

시간이 있는 동안 스스로 최대한 분발하는 것이 최선이다. 따분하고 점잖은 사람에게 날개를 달아 줘 봐야 천사를 서툴게 모방한 데 불과하다.

간단히 말해서 젊은이의 의견이 전적으로 옳은 것이 아니라면, 노인의 의견도 그보다 낫지 않을 가능성이 크다. 끝없는 희망은 확고한 맹신과 함께 인간의 가슴을 지배한다. 사람은 인생의 이전 단계에서 잘못했음을 매번 깨닫지만 결국에는 자신이 전적으로 옳다는 놀라운 결론에 이를 뿐이다. 수백 년간 실패를 거듭한 후 인류는 아직도 완벽한 입헌적 황금시대의 문턱을 넘지 못한다. 그 미로를 그토록 오랫동안 탐사했어도 보람이 없었으므로, 인간의 가련한 이성은 우리가 더 오래 탐사할 필요가 없고 중심이 아주 가까이 있으며 샴페인을 터뜨릴 오찬이 차려져 있고 분수로 장식되어 있음에 틀림없다는 결론으로 나아간다. 만일 중심이 존재하지 않고 좁은 골목이 이어질 뿐이며 온 세계가 끝도 출구도 없는 미로라면 어찌할 것인가?

일전에 엿들은 대화를 실례를 무릅쓰고 옮기겠다. "내 주장은 진실이오."라고 한 사람이 말했다. "그렇지만 절대적 진실은 아니지요."라고 상대방이 대답했다. 첫 번째 사람이(그의 말에서 존슨 박사의 말투가 느껴졌다.) 대답했다. "선생, 절대적 진실 같은 것은 없소!" 실로 어떤 문제에든 양면이 있다는 것은 더없이 자명하다. 역사는 그 사실을 보여 주는 긴 예증이다. 자연은 그 사실을 우리의 아둔한 머리에 넣어 주려고 내내 애써 왔다. 우리는 한순간 멈춰서 깊이 생각하지도 않고 그것을 당연한 이치로 받아들인다. 광신자는 바로 이 위대한 진실을 무시함으로써, 이런저런 문제에 대한 해결책은 단 하나뿐이라고 우리의 귀에다 계속 떠들어 대면서 우리를 뒤흔든다. 광신자는 혈색 좋은 멋쟁이로 잠시 상황을 지배하고 세상을 뒤흔들어 선잠을 깨운다. 그러나 일단 그가 사라지면 영향력이 없고 조용한 일단의 사람들이 반대쪽 면을 상기시키고 그 관대한 기만을 허물기 시작한다. 캘빈이 자기 교회에서 사람들이 알지 못하는 진실을 말해 주고 성미 급한 녹스[30]가 설교단에서 천둥처럼 고함을 지르는 동안, 몽테뉴는 페리고르의 자기 서재에서 이미 그 반대 면을 바라보면서 그들이 교회에서 찾아냈듯이 성경에서도 많은 논쟁거리를 찾으리라. 노인은 한쪽에 서 있고 젊은이는 분명 다른 쪽에 서 있다. 무엇보다 확실한 것은 양쪽 다 옳다는 것이고, 그보다 확실한 것은 양쪽 다 틀리다는 것이다. 그들이 다르다는 사실에 동의하게 하라. 다르다는 데 동의하는 것이 차이의 한 형태라기보다는 일치의 한 형태일지 누가 알겠는가?

철학자를 자처하는 사람은 자기 면전에서 자기모순에 빠지기 마련이라고 어딘가에 쓰여 있을 것이다. 여기서 내가 그럴듯한 말을 늘어놓다 보니 마침내 우리 앞에 전 면모가 드러났다고 생각하게 된 것이다. 그 신비에 대한 답은 없고, 다만 여러분이 원하는 만큼 많은 답이 있으며, 그 미로에는 중심이 없지만 이 유명한 구체(球體)처럼 중심이 모든 곳에 있기 때문이고, 공손하고 정중하게 다르다는 데 동의하는 것

---

30   16세기 스코틀랜드의 종교 개혁가이자 정치가.

은 단 하나의 "순수한 동의의 평온한 노래"이며 이 노래에 우리가 언제나 듣기 좋은 목소리를 보태리라는 거창한 결론에 이른 것이다.

2 사랑과
　　결혼의 미로

1

셰익스피어의 인물은 폴 스타프 한 명만 제외하면 모두 이른바 결혼을 희망하는 남자들이다. 머큐시오[31]는 베네딕[32]이나 바이런[33]과 친사촌 같은 인물이므로 결국 결혼이라는 같은 결말에 이르렀을 것이다. 심지어 이아고도 아내를 두었으며, 더욱 놀랍게도 질투심이 많았다. 자크[34]와 리어 왕의 어릿광대는 결혼하리라고 상상하기 어렵지만, 그들이 독신으로 남는 것은 오늘날 우리처럼 의심이 많고 독신 상태를 선호해서가 아니라 냉소적인 기질이었거나 실연으로 상심했기 때문이다. 이와 관련해서 혹시 여러분이 조르주 상드의 프랑스어 판 『뜻대로 하세요』(이 판본은 마음에 들지 않으리라고 장담할 수 있다.)를 찾아본다면, 로절린드와 결혼하는 올랜도처럼 실리

---

31   『로미오와 줄리엣』에 나오는 로미오의 친구.

32   『헛소동』에서 독신주의를 포기하고 결혼하는 사람.

33   『사랑의 헛수고』에 나오는 인물.

34   『뜻대로 하세요』의 염세적이고 우울한 사색적 인물.

아와 결혼하는 자크를 보게 된다.

적어도 셰익스피어 시대에는 결혼을 망설이는 경우가 지금보다 훨씬 적었던 듯하다. 망설임이 있더라도 웃어넘길 만한 것이었고, 이렇든 저렇든 간에 파뉘르주[35]보다 진지하게 망설이지는 않았다. 현대 희극의 주인공들은 대체로 베네딕처럼 독신을 고려하지만 두 배는 진지하고 자신감은 사 분의 일도 되지 않는다. 이 소심함은 실제 느끼는 공포를 보여 주는 증거라고 생각한다. 그들은 자신이 결국 인간일 뿐임을 안다. 제 발치에 덫과 함정이 놓여 있다는 것을, 결혼의 그림자가 무시무시하리만치 확고히 갈림길에서 기다린다는 것을 안다. 그들은 자유를 잃고 싶지 않을 것이다. 그러나 그럴 수 없다면 글쎄, 하느님의 뜻대로 이루소서! 『공증인 게랭』[36]에서 세실은 "아니 결혼이 겁나요?"라고 묻는다. "오, 맙소사, 아뇨!" 아르튀르가 대답한다. "난 마취제를 먹어야겠소." 그들은 죽음을 준비하는 식으로 결혼을 기대한다. 죽음이나 결혼이나 다 불가피하게 보인다. 둘 다 불확실하기 짝이 없는 어둠 속에 뛰어드는 일이다. 우울에 빠져 있는 남자라면 특히 마음을 굳게 먹어야 한다. 그 멋진 악당, 막심 드 트라유[37]는 동년배의 부고를 듣는 노인처럼 결혼 소식을 받아들인다. 그는 마담 숑츠의 안락의자에 털썩 주저앉으며 소리친다. "절망이오. 모두들 결혼하다니, 절망이오!" 결혼 소식을 들을 때마다 흰머리가

---

35   프랑스 작가 라블레의 『가르강튀아와 팡타그뤼엘』에 나오는 교활하고 방탕하며 겁 많은 악당.

36   프랑스의 풍속 희곡 작가 에밀 오지에의 1864년 작품.

37   발자크의 단편 소설 「곱세크」(1830)에 나오는 인물.

돋는 것 같고, 명랑한 교회 종소리는 쉰 살 나이를 먹고 둥글게 배가 나온 자신을 비웃는 것 같다.

사실 우리는 조상들보다 삶을 두려워한다. 결혼을 하겠다든가 하지 않겠다는 마음가짐을 찾기 어렵다. 결혼을 하기는 겁나지만, 춥고 외로운 노년도 마찬가지다. 남자들 간의 우정은 아주 유쾌하지만 한결같이 지속되지 않는다. 어떤 친구는 결혼하고 나면 우리를 내칠 테고, 다른 친구는 중국에서 일자리를 얻어 오래지 않아 이름이나 추억으로 혹은 어쩌다 보내 온 아주 읽기 힘든 편지로 남을 것이다. 또 다른 친구는 어떤 광신적인 생각에 빠져서 떫은 얼굴로 우리를 쳐다볼 것임을 우리는 줄곧 안다. 인생은 이렇게 갖가지 방식으로 남자들을 강제로 떼어 놓고 멋진 우정을 영원히 깨뜨려 버린다. 남자들의 우정이 지속되는 동안 그토록 기분 좋았던 융통성과 편안함이 우정을 더 쉽게 깨뜨리고 잊히게 한다. 친구를 열두 명이나 둔(이 지상에 그토록 부유한 사람이 혹시라도 있다면) 남자는 자신의 행복이 아주 불안정한 기반 위에 있다는 것을, 운명이 한두 번만 타격(죽음이나 가벼운 말 몇 마디, 도장 찍힌 서류 한 장, 어떤 여자의 빛나는 눈)을 가하면 한 달 내로 행복을 전부 잃으리라는 것을 외면할 수 없다. 그 불안감에 대한 해결책으로서 결혼은 확실히 위험하기 짝이 없다. 두세 번이 아니라 오직 한 번의 인생에 행복을 걸어야 하므로. 하지만 그렇더라도 여러분이 더욱 명확하고 완벽하게 합의해 나갈수록 상대방도 그럴 것이다. 그러므로 우발적 사태가 많이 일어나리라고 걱정할 필요는 없다. 바람이 불 때마다 여러분이 바람에 휘날려 정박지에서 떨어져 나오는 것은 아니다. 죽음이 낫을 휘두르지 않는 한, 여러분의 집에는 늘 친구가 있다. 바스티유 감옥에서 같은 감방에 수감되거나 무인도에서 우연히 만난 사람들은 당장 난투극을 벌이지 않는다면 타협의 여지를 찾기 마련이다. 그들은 상대의 행동 방식이나 기질을 알게 되어 어느 부분에서 경계해야 하는지, 어느 부분에서 온몸으로 기댈 수 있는지를 깨달을 터다. 처음 몇 년간의 조심성은 말년의 확고한 습관이 된다. 그래서 지혜와 참을성을 통해 두 사람의 인생은 뗄 수 없는 하나가 되어 간다.

그러나 안락한 결혼은 결코 영웅적이지 않다. 결혼은 분명 너그러운 남자의 정신을 편협하고 무디게 만든다. 결혼한 남자는 해이해지고 이기적이 되며, 그의 도덕성은 기름이 껴서 변질한다. 리드게이트가 로저몬드 빈시와 부적절한 결혼을 할 때뿐 아니라, 래디슬로가 자기보다 고귀한 도로시어와 결혼할 때[38]도 이런 예를 찾아볼 수 있다. 난롯가의 따뜻한 분위기는 남편 마음속의 근사한 야성을 완전히 말려 버린다. 그는 너무나 편안하고 행복해서, 아내를 포함해 이 세상의 무엇보다도 안락과 행복을 선호하기 시작한다. 어제는 남은 동전한 닢까지도 남들과 나누었을 테지만, 오늘 "그의 첫 번째 의무는 자기 가족"이다. 그는 포도주를 쌓아 두고 지극히 소중한 가장의 건강을 관리하는 것으로 그 의무를 대부분 완수한다. 이십 년 전에 이 남자는 범죄를 저지르거나 용감한 행위를

38　조지 엘리엇의 『미들마치』에 나오는 인물들. 리드게이트는 의료 개혁을 꿈꾸는 이상주의적 인물이지만 속물적이고 이기적인 빈시와 결혼함으로써 좌절하고 만다. 보헤미안적 인물 래디슬로는 이타적인 도로시어와 결혼하며 정치 개혁의 길에 들어선다.

감행할 수 있었지만, 지금은 어느 쪽에도 적합하지 않다. 그의 영혼은 잠에 빠져서, 어떤 말로도 그를 깨울 수 없다. 돈키호테가 총각이었고 마르쿠스 아우렐리우스가 결혼을 잘못 한데는 그럴 만한 이유가 있다. 여자에게는 이런 위험이 훨씬 적다. 여자에게 결혼은 쓸모가 많고, 인생의 더 많은 부분을 열어 주며, 훨씬 더 자유롭고 유용하게 살아가게 해 준다. 그러므로 여자는 결혼을 잘하든 못하든 간에 어떤 혜택을 누릴 수 있다. 하지만 실로 가장 명랑하고 진실한 여자는 노처녀이고, 노처녀들과 결혼 생활이 불행한 아내들이 진정한 모성적 손길을 지닌 경우가 종종 있다. 이런 사실은 안락한 결혼 생활이 여자에게도 무언가를 제한한다는 점을 보여 주는 듯하다. 그럼에도 법칙은 확고하다. 뛰어난 남자와 여자를 고르고 싶다면, 좋은 총각과 좋은 아내를 선택하라.

그럭저럭 성공적인 결혼은 아주 흔한 반면에 공공연한 파탄에 이르는 결혼은 아주 적다는 사실에 종종 의아해진다. 사람들이 어떤 원칙에 따라 배우자를 선택하는지 알지 못하기 때문에 더욱 그렇다. 내가 보기에 여자들은 차림새가 요란한 시민이나 족제비 얼굴에 동박새 눈을 가진 애송이나 가리지 않고 결혼하고, 남자들은 부엌일 하는 수다쟁이에 만족해서 살아가거나 까다로운 처녀를 자기 인생에 들여놓는 데 만족한다. 선남선녀가 사랑에 빠져 결혼한다는 말은 흔히 듣는다. 물론 세상이 여러분 편이라면 여러분은 단어를 마음대로 사용하고 오용해도 괜찮다. 그렇지만 미지근한 호감에 사랑이라는 표현은 다소 과장이다. 사랑의 신 큐피드가 황금 화살을 쏘는 곳은 어떻든 여기가 아니기 때문이다. 어떤 표현을 동원

해도 그가 여기 군림해서 한껏 즐긴다고는 말할 수 없다. 실로 미지근한 호감이 사랑이라면 천지창조 이래 시인들이 인간을 우롱해 왔음이 분명하다. 이 행복한 커플들의 얼굴을 들여다보기만 하면 그들이 지금까지 사랑이나 증오 혹은 어떤 강렬한 열정에도 빠져 본 적 없음을 알 수 있다. 디저트로 나온 과일 접시를 보고 어쩌다 복숭아나 천도복숭아에 마음이 끌려서 그 접시가 식탁을 돌아오는 동안 조금 초조하게 지켜보던 참에 누군가 그 과일을 집어 들면 꽤 큰 실망감을 느끼기 마련이다. 내가 "강렬한 열정"이라는 표현을 썼는데, 글쎄 대체로 결혼으로 이끌어 가는 강렬한 열정이란 이 정도의 감정이라고 볼 수 있다. 결혼 후 어떤 남편이 자기 아내를 죽도록 사랑한 가엾은 남자에 대한 이야기를 듣고는 "참 애석한 일이군! 나는 다른 아내를 얻었어도 아주 편안했을 텐데!"라고 탄성을 질렀다. 그런데도 그의 결혼 생활은 아주 행복하다고 한다. 어떤 젊은이가 들려준 달콤한 연애 이야기는 또 다른 예다. "그녀의 자매들과 함께 있으면 아주 기분이 좋아요. 그런데 단둘이 있을 때는 뭘 해야 할지 모르겠어요."라고 사랑에 빠져 있다는 이 청년은 말했다. 또 다른 예로, 한 부인이 다른 부인과 그 주제에 대해 얘기를 나누었다. "알다시피 결혼한 지 십 년이 지나면 남편이 다른 건 몰라도 오랜 친구는 될 수 있어요."라고 첫 번째 부인이 말했다. "내겐 오랜 친구가 많은데, 친구 사이를 넘지 않는 편이 더 좋아요."라고 두 번째 부인이 대답했다. "아, 그게 낫겠네요!" 지금 예로 든 세 가지 현대판 목가에는 공통된 특징이 있다. 즉 사랑의 신이 침침한 눈으로 다리를 절뚝거리며 우리들 사이를 돌아다닌다고 인정해야 한다는 점이다. 사랑이 늘 이러했는지, 욕망은 늘 무디고 무기력했는지, 소유는 그토록 냉랭했는지 의아해진다. 결혼 전에 대다수가 해나 고드윈이 친구 게이 양에 대해 오빠 윌리엄에게 써 보낸 추천 목록 같은 것을 만들 거라고 상상할 수밖에 없다. 그 목록이 아주 우습고 여기 딱 들어맞으므로 몇 구절을 인용하겠다. "게이 양은 오빠 같은 성격을 지닌 사람을 정말로 행복하게 해 줄 자질을 다 갖췄어. 악기를 정확하게 연주하면서 듣기 좋은 목소리로 노래를 부르지. 태도는 자연스럽고 공손한데, 너무 허물없이 굴지도 않고 지나치게 내숭을 떨지도 않아. 살림을 잘하고 아주 검소하면서도 성격은 너그러워. 내적 소양은 더 칭찬할 만해. 건전한 양식이 있으면서도 허영심이 없고, 판단력이 예리하지만 빈정대지 않고, 오빠 마음에 들 만큼의 신앙심이 있어. 그래서 그녀가 오빠의 아내가 되면 좋겠다고 바라게 되었지." 이는 흔히 듣게 되는 타령이다. 듣기 좋은 목소리, 적절히 보기 좋은 외모, 습자책을 베껴 쓴 듯 똑같이 흠잡을 데 없는 내적 소양, 게다가 오빠 마음에 들 정도의 신앙심도 있다고 하니, 그렇다면 아주 신속히 교회로 직행할 일이다.

솔직히 말해서 사람이 사랑에 빠져야만 결혼한다면 대부분은 결혼을 하지 못한 채 죽을 것이다. 사랑에 빠져 결혼하더라도 집안 풍파를 겪는 사람이 적지 않을 것이다. 사자는 동물의 왕이지만 집 안의 애완동물로는 적합지 못하다. 마찬가지로 사랑은 지나치게 격렬한 열정이라서 어떤 경우에도 가정에 적절한 감정은 아니라고 생각한다. 다른 격렬한 감정이 그러듯이, 사랑은 남자의 성격에서 최고의 것뿐 아니라 최악으로 비열한 것까지 토해 놓는다. 술에 취해서 심술궂게 굴거나 종교적 감정에 취해 소동을 벌이고 독기를 부리는 사람이 있듯이, 어떤 사람은 사랑에 빠져 변덕을 부리고 질투심을 불태우고 까탈을 부린다. 세상사와 변화에 꽤 정직하고 소박하며 친절한 마음으로 살아가는 사람이라도 그리한다.

그렇다면 사람들이 비교적 냉담한 마음으로 배우자를 선택한다고 가정할 수밖에 없는데, 어떻게 해서 선택을 그리 잘하는 걸까? 누구와 결혼하든 그리 문제가 되지 않는다고 말하고 싶어질 정도다. 다시 말해 사실 결혼은 주관적 애정의 문제이므로 일단 마음을 먹고 스스로를 잘 설득하면 누구와 결혼해도 "잘 헤쳐 나갈 수 있다."라는 말이다. 하지만 우리가 결혼을 최저 가치로 받아들이고 경찰이 인정해 주는 일종의 교우 관계에 불과하다고 간주하더라도, 자유와 공감을 실현하는 데 있어서 정도의 차이는 생길 수밖에 없다. 소박한 사람들은 어떤 원칙에 따라서 배우자를 선택한다. 그렇다면 이 원칙은 무엇일까? 기도서에 적혀 있는 원칙보다 명료한 것은 없을까? 법과 종교는 근친이나 혈족의 경우에 결혼을 금지한다. 사회는 계층을 갈라놓기 위해 끼어든다. 아주 중요한 이 문제에 관해 상식이나 지혜에 근거한 솔깃한 얘기는 없을까? 보다 권위 있는 가르침이 없으므로 이 문제에 대해 친구처럼 기탄없이 이야기를 나눠 보기로 하자. 몇 가지 짐작만이라도 젊은 남녀에게 흥미로울 것이다.

우리는 음식이나 자주 어울리는 사람, 기후, 생활 방식과 관련된 것에서 공통된 취향을 찾는다. 가령 새벽에 일찍 일어나는 사람이나 채식주의자와 숙식을 함께하려면 괴로울 것이다. 예술과 지성의 문제에서는 취향의 일치가 전혀 중요하지 않다고 나는 믿는다. 남자들의 교류에서 중요하지 않은 것은 확실하다. 남자들은 취미가 같으면서 우울한 사람보다는 선량하면서 포도주를 많이 저장해 두고 재담을 잘하는 사람과 식사하기를 기꺼워할 것이다. 아내가 터퍼[39]를 좋아한다고 해서 여러분이 부끄러워하며 고개를 숙일 이유는 없다. 그녀는 대다수 사람들과 비슷하게 느끼고, 용감하게 자기 의견을 내는 것이다. 나는 대중의 취향이란 독단론에 의해 인위적으로 생겨난 잡종물이라고 여겨 왔고, 특별한 문학적 취향이 없는 정직한 사람을 찾아낼 수만 있다면 그 사람은 셰익스피어의 많은 부분이 과장된 허풍인 데다 황당하고 작품 전체가 아주 모호한 영어로 쓰여 있어 지루하다고 말하리라 믿었다. 그런데 얼마 전에 나는 그런 정직한 사람을 찾았기 때문에 호롱불을 밀쳐놓을 수 있었다. 그는 재주가 많고 기민하고 익살스러우며 영리한 화가로, 바다와 배로부터 시적 효과를 찾아내는 안목이 있었다. 나는 그림을 잘 판단하지 못하지만 때로 밤이면 그의 스케치가 눈앞에 떠오른다. 출렁이는 파도에 떠 있는 그 배는 얼마나 튼튼하고 유연하며 살아 있는 생물 같은지! 자맥질과 써레질을 하면서 휘날리는 물결을 얼마나 근사하게 뚫고 나가는지! 이런 느낌을 포착해서 아주 강렬하고 활기차게 날개를 달아 준 사람이라면 마음속 후미진 곳에서도 소위 평범한 사람이라고 생각할 수 없다. 그런데 그는 위다[40]

---

39   교훈적 훈계를 담은 『격언 철학』(1837)으로 베스트셀러 작가가 된 영국 시인 마틴 파쿼 터퍼(Martin Farquhar Tupper, 1810~1889)에 대한 언급인 듯하다.

40   『플랜더스의 개』를 쓴 여성 작가.

가 어느 모로 보나 셰익스피어보다 낫다고 생각했으며, 부끄러워하지 않고 그러한 생각을 말했다. 이처럼 정직한 사람이 많아진다면, 이것이 문외한의 비평에 근간을 이룰 것이다. 그 근간이란 풍부한 취향이 아니라, 희귀한 용기다. 그 대신 우리에게는 무엇이 있는가? 그 젊은 화가와 달리 생각하지 않으면서도 주위들은 과장된 수사를 흩뿌리는 많은 사람들의 말을 듣지 않았던가? 오, 최고의 비평가여, 당신들의 달콤한 형용사가 청중의 하품에 부딪혀 되돌아올 때 속으로 구역질을 느낀 적이 없었던가? 예술에 대한 열광은 대다수 여성이 떠맡는 일이 되었고, 그녀들은 기발하고 잘 조정된 기계처럼 정확하게, 자주 떠오르는 활기에 휩싸여 그 일을 수행한다. 안타깝게도 때로는 아주 차분한 남자도 그 열광의 급류에 휩쓸려 최고의 사람들과 언쟁을 벌이고 어떤 수치스러운 순간에는 헤롯왕 못지않게 포악해진다. 이런 점을 볼 때 여러분은 자기 입장을 명확히 정리하고, 조지 2세처럼 시와 그림을 싫어한다고 공공연히 말하는 사람이 아니라면 결혼하지 않겠다고 말하고 싶어질 것이다.

'사실'이라는 단어가 어떤 면에서는 결정적으로 중요하다. 나는 예수회나 플리머스 형제단의 신도들, 수학자들과 시인들, 교조적인 공화주의자와 새눈무늬 목도리를 두른 노신사들과 이야기를 나눠 보았는데, 그들은 '사실'을 제각기 독특한 의미로 이해했다. 나는 아무리 애를 써도 그들의 분류 원칙에 다가갈 수 없었다. 그들에게는 본질적인 것이 내게는 사소하거나 거짓된 것으로 보였다. 우리는 인간 삶에서 무엇이 중요하고 중요하지 않은가에 대해 동의할 수 없었다. 아무리 몸을 돌리더라도 우리는 큰 원을 이루고 서서 등을 맞대고 서로 다른 방향의 하늘과 다른 산꼭대기들이 이어진 윤곽선, 그 위의 다른 별자리를 본 것이다. 각자 머릿속에 들어 있는 약간 엉뚱한 생각을 철석같이 믿었고, 그 생각이 모든 경험을 그 나름의 색조로 물들였다. 한 사람은 청각 장애가 있고 다른 사람은 시각 장애가 있을 때 어떻게 해야 두 사람이 합의에 이를 수 있을까? 바로 이 부분에서 남편과 아내 사이에 일치하는 바가 있어야 한다. 부부는 '종교적' 사실 혹은 '과학적' 사실, 중요한 '사회적' 구호에 동의해야 한다. 그런 동의가 없으면 온갖 교류가 마음을 고통스럽게 긴장시키기 때문이다. "오빠 마음에 들 만큼의 신앙심이 있어." 간단히 말해서 바로 이것이 어떤 커플이든 행복한 부부로 만드는 데 필요한 것이다. 어떤 차이는 습관이나 애정으로도 융화될 수 없기 때문이다. 그러므로 자유분방한 보헤미안은 율법을 엄격히 준수하는 바리새인과 결혼하면 안 된다. 성공한 상인, 새뮤얼 버지트의 아내로 콩쉬엘로[41]를 상상해 보라. 때로 최고의 남자와 최고의 여자가 일생을 함께 살아가더라도, 근본적인 문제에 관한 의견이 일치하지 않아서 끝까지 서로를 타락한 영혼으로 여길지도 모른다.

오랜 세월을 함께 살아가면서 죽을 정도로 따분하지 않기를 바란다면 어떤 재능이 거의 반드시 필요하다. 그러나 그 재능은 의견의 일치와 마찬가지로 삶을 위한 것이자 삶에 관련

---

41   도덕적으로 순수하고 정숙한 여성을 다룬 조르주 상드의 소설 『콩쉬엘로』
      (1842)의 주인공. 스페인어로 성모 마리아를 뜻하기도 한다.

된 것이어야 한다. 두 사람이 함께 행복하게 살아가려면, 마음의 미묘한 부분에 정통하고 기꺼이 타협하려는 타고난 능력이 있어야 한다. 여자에게 여자로서의 재능이 있다면 그 밖의 재능이 없더라도 그리 문제되지 않을 것이다. 그녀는 여자의 역할을 알아야 하고, 섬세한 애정의 손길을 지녀야 한다. 남자처럼 말하거나 천사처럼 말하기보다는 즐거운 수다쟁이로서 공동의 친구나 수천 가지 사소한 일상사에 대해 유쾌하고 재치 있게 말하는 것이 중요하다. 결혼 생활에서 유명한 외국인을 저녁 식사에 초대하는 것보다는 난롯가에서 부부가 함께 시간을 보내는 일이 많기 때문이다. 부부가 똑같은 농담에 늘 웃음을 터뜨리고, 시간이 지나도 시들해지지 않고 되풀이해도 김빠지지 않는 자기들만의 옛 농담이나 「총기실의 뇌조」 같은 얘깃거리를 많이 갖고 있는 편이, 미안하지만 세상 사람들이 고귀하고 훌륭하다고 여기는 많은 것보다 나은 대비책이다. 여러분은 원한다면 칸트를 혼자 읽을 수 있다. 그렇지만 다른 사람과는 농담을 주고받아야 한다. 여러분의 철학적 탐구를 이해하지 못하는 사람은 용서해 줄 수 있다. 하지만 여러분은 눈물을 글썽거리는데 아내가 웃고 있거나 여러분이 웃음을 터뜨렸는데 아내가 멀뚱멀뚱 쳐다보는 것은 결혼이 파경에 이르도록 일조할 것이다.

내가 아는 어느 여성은 반감 탓인지 무능 탓인지 정치라는 단어의 의미를 이해하지 못했고 휘그당과 토리당도 구분하지 않았다. 그러나 그녀 나름의 정치적 견해를 받아들이고 다른 사람들이나 일상적인 속임수(인생의 성공을 위한 아부나 술책, 허영심)에 대해 물어보면, 누구보다도 현명하고 예리하며 재치 있는 판단을 보여 주었다. 자, 내 생각을 명료하게 표현하자면, 이 여성은 더욱 높고 시적인 이해력, 사물 자체에 대한 정직한 관심과 평범하기 그지없는 것에 대한 지속적 경이감을 지니고 있다. 그녀는 관습에 속지 않을 테고, 불가사의한 일이 거듭된다고 해서 신비가 사라졌다고 생각하지 않을 것이다. 그녀는 인간의 눈썹에 대해 열렬한 경이감을 느낀다고 말한 적이 있다. 우리들 대부분은 제 이성의 빛이 비치는 작은 원 안에서 자족하며 살아가고, 그 너머 존재에 대해서는 현란하고 요란한 이례적 사건(가령 지진이나 베수비오 화산의 분화, 강령회에서 공중에 날아다니는 프라이팬 등)이 있어야만 상기하게 된다. 이런 세상에서 그녀처럼 세파에 물들지 않은 참신한 마음은 절대 무시할 수 없는 재능이다. 솔직히 그런 마음은 공무에 관한 명석한 견해를 표명할 수 있는 마음보다 낫다고 생각한다. 그런 마음은 믿을 만하다. 그것은 이상야릇한 순간에도 할 말을 찾아낸다. 그 마음속에는 즐겁고 기발한 공상의 샘이 흐른다. 반면에 어떤 친구가 난롯가에 앉아 선거권이나 투표에 관해 대단히 진보적인 견해를 피력한다고 하더라도, 턱이 아프고 눈물이 고일 정도로 밤새 하품하는 내 모습이 상상될 뿐이다.

결혼과 관련해서 직업의 문제는 얼마 전까지 여자들에게 고작해야 호기심을 일으켰지만 지금은 우리 모두에게 관련되어 있다. 분명 나는 피할 수만 있다면 여성 작가와는 절대로 결혼하지 않을 것이다. 글을 쓰는 일은 마음을 몹시 혹사한다. 한두 시간 글을 쓰고 나면 작가의 인간적인 면이 다 소진되고 말아서 위협하거나 험담하거나 욕을 퍼붓게 된다. 음악가의 경우도 그보다 낫지 않다고 한다. 이와 달리 그림을 그리는 일은 종종 마음을 진정해 준다. 일단 그림을 시작하면 거의 다 손으로 하는 일이고, 노련한 수작업이 계속 성과를 내면서 화가의 허영심을 만족시켜 기분 좋게 해 주기 때문이다. 슬프게도! 문학은 그러지 못한다. 글씨를 아무리 아름답게 쓰더라도 늘 무언가 다른 것을 생각해야 하므로 동글게 굴리거나 무늬를 넣은 장식체를 살펴볼 여유가 없다. 글씨체는 지엽적인 문제이고, 여러분이 대서인의 글씨를 처음 보면 얼굴을 붉힐 것이다. 사실 루소는 필체를 다소 중요시했고, 아마추어 예술 애호가 부인들에게 엘로이즈[42]의 편지를 베껴 줌으로써 생계를 유지하기도 했다. 이 점은 수많은 우행과 광기의 와중에서 그를 이끌어 간 희한하고 별난 조심성을 보여 준다. 그러므로 성미가 급한 사람은 손재주가 필요한 노동을 무형의 두뇌 작업에 추가하는 편이 좋을 것이다. 정확한 단어를 찾는 일은 과연 성공할는지 의심스럽고, 실패할 가능성이 농후하므로 일 년이 지나도 만족할 수 없다. 하지만 어떤 글씨를 완벽하게 썼는지는 우리 모두 알 수 있다. 그리고 우둔한 화가는 옳든 그르든 간에 정확한 색조나 색깔을 찾았거나 붓을 솜씨 좋게 놀렸다고 거의 똑같이 확신한다. 또한 화가는 야외에서 작업할 수 있다. 신선한 공기와 느긋한 계절의 정취, 푸른 대지의 "마음을 진정하는 힘"은 들뜬 생각을 가라앉혀 차분하고 온화하며 산문적으로 만들어 준다.

---

42 12세기 프랑스 파라클레 수도원의 수녀원장. 당대 유명한 신학자이자 철학자인 아벨라르의 제자이자 연인이었고 이들이 나눈 편지는 당대 시대상과 철학을 반영할 뿐 아니라 문학적 가치가 뛰어나다고 평가된다.

연애결혼을 할 때 좋은 신랑감은 선장이다. 오랜 부재가 사랑에 좋은 영향을 미쳐서 사랑을 빛나고 감미롭게 유지해 주기 때문이다. 그러나 걸어 다니기 좋아하는 남자는 최악의 남편감이다. 습관이 너무 자주 깨져서 유대를 맺어도 단단히 접합될 시간이 없기 때문이다. 낚시질이나 식물 채집, 선반 작업 혹은 해초 채집을 하는 남자는 훌륭한 남편이 될 것이다. 수채화를 조금 그리는 아마추어 화가는 심성이 순수하고 고요한 사람이다. 절친한 친구가 몇 명밖에 없는 사람은 피해야 한다. 반면에 되는대로 헤엄치는 사람, 모자를 손에 들고 거리를 활보하는 사람, 지인을 수없이 댈 수 있고 어떤 친구로도 기소되지 않을 사람은 기질이 느긋하고 아내의 영향력에 맞서지 않을 것이다. 이런 사람이 최고의 남자라고 말할 생각은 없지만, 노련하고 유능한 여자라면 이런 남자를 최고의 남편으로 만든다. 이미 한두 번 사랑을 경험한 남자는 여자에게 순응하도록 훨씬 잘 길들여진다는 사실에 주목해야 한다. 소설 속 빛나는 청년은 수줍음과 투박함이 기묘하고도 불편하게 뒤섞인 존재라서 다분히 교화될 필요가 있다. 끝으로 (이것이 황금률인데) 금주자나 금연자와는 결혼하면 안 된다. 미슐레[43]가 "상스러운 흡연실"이라고 부른 공간이 전 세계에 퍼져 나간 데는 이유가 있다. 미슐레가 불평하는 까닭은 흡연이 생각이나 일과 무관하게 인간을 행복하게 해 주기 때문이다. 선견지명이 있는 여자라면 그것을 결혼 생활에 미칠 악영향으로 간주하지 않을 것이다. 남자를 앞 정원에 붙잡아 놓거나 그의 종작없는 공상과 지나친 야심을 억제하고 빈둥거리며 만족감

43　프랑스의 역사학자.

을 느끼게 해 주는 것이라면 무엇이든 가정의 행복에 반드시 기여한다.

  이런 말에 혹시 흥미가 이는 독자라면, 동의하는 쪽보다는 반대하는 쪽이 더 재미있을 것이다. 내 조언을 따를 사람이 없을 테니 적어도 해는 되지 않을 것이다. 하지만 이제 마지막으로 하려는 말은 중요하다. 결혼은 너무나 중대하고 결정적인 조치이므로 경박하고 변덕스러운 남자들은 그 경외감에 매혹된다. 그들은 종잡을 수 없는 돌풍과 급류에 몹시 시달려 왔고, 불타는 갈망으로 허공의 섬을 향해 항해하거나 바람이 멎어 꼼짝달싹 못 할 때도 많았으므로, 단단한 땅을 발로 밟을 수만 있다면 어떤 위험이든 무릅쓰려 한다. 이 결사적인 선원들은 항해에 지쳐 피로한 돛단배를 근사한 바위로 몰아간다. 마치 결혼은 평생 이어질 탄탄대로이고, 한여름의 일요일에 교회 종이 울릴 때나 삶에 대한 욕망으로 잠을 이룰 수 없던 밤에 꾸었던 꿈이 당장 이뤄질 것만 같다. 결혼을 하고 나면 자신이 차분해지고 달라지리라 생각한다. 어떤 친목 단체에 가입하는 사람들처럼 그들은 단 한 번의 행동으로 혼란과 시끌벅적함에서 영원히 벗어날 수 있다고 생각한다. 그러나 이는 악마의 속임수다. 언제까지나 봄바람은 불안감을 퍼뜨릴 테고, 지나가는 얼굴들은 후회를 남길 것이며, 온 세상이 귀에 대고 계속 그들을 불러낼 것이다. 장미꽃밭이 아니라 전쟁터라는 점에서 결혼은 인생과 같은 까닭이다.

2

희망은 우리가 살아가는 동안 언제까지나 우리를 버리지 않는다고들 말한다. 처음부터 끝까지 쓰라린 환멸에 직면하면서도 우리는 행운과 건강, 나은 행실을 계속 기대한다. 너무나 자신 있게 기대하므로 그것을 누릴 자격은 갖출 필요가 없다고 생각한다. 혹시라도 내가 셰익스피어처럼 글을 쓰거나 한니발처럼 군대를 이끌거나 마르쿠스 아우렐리우스처럼 고결한 덕을 실천하여 유명해질 리는 없다고 여긴다. 하지만 어떤 날에는 희망에 부풀어 이 여러 탁월한 자질이 내 몸속에서 결합되어 성스러운 명예로 후세까지 이어지리라고 기꺼이 믿고 싶어진다. 우리에게 도저히 믿을 수 없을 정도로 극악무도한 점은 없다. 소년 시절부터 우리는 자신에 대해, 자신의 열망과 비행에 대해, 의도적으로 감미로우며 모호하게 생각해왔다. "아, 잠시만 죽어 있을 수 있다면!"이라는 톰 소여의 열망[44]을 누구도 잊지 않을 것이다. 아니면 그보다는 "해적질을

---

[44] 「톰 소여의 모험」 8장의 내용.

계속하는 한은 자신의 행동이 절도죄라는 오명을 다시 쓰지 않으리라."[45]라는 두 해적의 결심을 기억할 것이다. 여기서 우리는 소년 시절의 생각을 알아볼 수 있다. 그런데 소년기는 끝났고(글쎄, 언제 끝났을까?), 스무 살에 끝나지는 않은 것 같다. 어쩌면 스물다섯에도 완전히 끝나지 않았고, 서른에도 아직 끝나지 않은 것 같다. 솔직히 말하면 우리는 아직도 그 목가적 시기의 한가운데 있을지 모른다. 인류가 수백 년간 개화되었어도 미개한 조상의 어떤 특징을 아직 간직하듯이, 개개의 인간은 이미 나이 들어 존중받고 영국 대법관이 되었어도 젊은 시절에서 완전히 벗어나지 못한다. 우리가 나이 들어 가는 방식은 황무지를 습격하는 군대와 같다. 흔히 말하듯 우리가 도달한 나이에 전초 기지만 세워 점유하고는 행군을 처음 시작한 곳, 후방과의 병참선을 계속 열어 둔다. 우리의 진정한 기지는 그곳에 있다. 그곳은 시작점일 뿐 아니라 우리의 능력을 샘솟게 하는 원천이다. 그래서 윌리엄 할아버지는 이따금 마법에 걸린 소년 시절의 푸른 숲으로 물러날 수 있다.

결코 시들지 않는 소년다운 희망과 활기찬 맹목성은 무엇보다도 행위의 문제에서 잘 드러난다. 우리 모두 『천로 역정』의 정욕행(Linger-after-lust)이라는 인물과 사이좋게 대화를 나눌 수 있다. 그는 패배하는 순간까지 그리고 그 순간을 넘어서도 희망을 잃지 않는 기발한 재주로 이름 날린 인물 중에서 가장 유명하다. 그런 사람이라면 팔십 년간 정반대의 경험을 하고도, 해적질을 계속하는 한 도둑질의 죄의식을 피할 수 있

45 『톰 소여의 모험』 13장. 여기서 두 해적은 톰과 허클베리 핀.

다고 믿을 터다. 우리는 죄를 지을 때마다 그것이 마지막이라고 생각한다. 매해 첫날은 인생의 주목할 만한 전환점이다. 특히 공개적인 행위에는 연금술처럼 변화를 일으킬 힘이 있다고 느낀다. 술고래는 금주를 맹세한다. 선언 행위가 도움이 되지 않는다면 이상할 것이다. 얼마나 오랜 세월 동안 페피스[46]는 끊임없이 사소한 맹세를 하고는 어겼던가? 하지만 그가 결국 낙담했다는 말은 듣지 못했다. 우리는 이런 식으로 생각하면서 소심한 사람이 이빨이 쑤실 때 당장 치과의에게 가듯이 순간적으로 굳게 결심한다.

그러나 슬프게도 물머리에 말뚝을 박는다고 해서 불가피한 밀물을 막거나 늦출 수 있는 것은 아니다. 도덕은 교묘한 속임수가 통하지 않고, 결혼의 "신성한 의식"도 인간을 변화시키지 못한다. 이 말은 이해하기 어려운 모순처럼 느껴진다. 결혼에는 아주 자연스럽고 유혹적인 무언가가 있어서 결혼에 이르는 단계가 지극히 단순하고 편안한 분위기를 풍기기 때문이다. 결혼은 쓰라린 집착들을 영원히 묻어 주겠다고 한다. 결혼은 평생 지속될, 변함없고 친숙한 벗을 제공하고, 축복해 주는 적극적 사랑이 아니라 축복받는 수동적 사랑의 화창한 앞날을 열어 준다. 결혼에 이르려면 즐거운 구애 과정뿐 아니라 공적 의식과 반복되는 법적 서명을 거친다. 그처럼 권위 있게 둘러진 성벽 안에서 선량하고 다복하고 행복할 수 없다면

46 새뮤얼 페피스는 양복 재단사의 아들로 태어나 해군 대신이 된 인물로, 런던 대화재 및 흑사병 창궐 등 영국의 생활상을 상세히 묘사한 일기(1660~1695)로 유명하다.

괴롭겠다고 사내는 당연히 짐작한다.

하지만 남자의 일생에서 결혼만큼 성급하고 무모한 행위
는 없다. 여러분이 여러 해를 그럭저럭 살아왔다고 가정해 보
자. 과감하게 말하자면 여러분이 폴이나 호러스[47]보다 유망
한 경험을 해 온 것은 아니다. 그들처럼 여러분은 이룰 수 없
는 선을 보고 갈망했다. 그들과 마찬가지로 여러분은 혐오스
러운 악행을 저질렀다. 체질에 따라 진땀이나 식은땀을 흘리
며 한밤중에 깨어나서는 울적하고 놀란 마음으로 용서할 수
없는 자기 행동과 말을 돌아보았다. 때로는 이 인생이라는 게
임에서 완전히 물러나고 싶은 유혹을 느끼기도 했다. 인생보
다 훨씬 덜 위험한 당구 게임에서 실수를 계속 저지른 사람이
물러나듯이. 여러분은 못된 제 행위로 본인이 가장 예리한 상
처를 입었고, 옛 명언으로 애처롭게 말하자면 자신의 적은 다
른 사람이 아니라 바로 자신이라는 생각에 기대곤 했다. 그러
고 나면 자기 행위의 이면에서 아름답고 사랑스럽고 현명하
고 친절한 부분이 의식되었다. 이 모순은 그 무엇으로도 해소
될 수 없어 보였고, 실로 그랬다. 여러분이 어른이라면 입을
꽉 다물고 아무 말도 하지 않았을 것이다. 어른이 되는 과정
에 있는 남자라면, 자신의 경우는 아주 특별하므로 골치 아픈
자기 생활에 대해 죄의식을 느껴야 하는 것은 아니라고 생각
했다.

좋다! 진심으로 인정한다! 이런 변명을 받아들이기로 하

---

47 사도 바울과 로마의 시인 호라티우스에 대한 언급인 듯하다.

자. 여러분의 적은 자신밖에 없다고 동의하자. 여러분은 영원히 무력한 일종의 도덕적 불구라고 동의하자. 그리고 그런 운명에 대한 순수한 동정심을 품고 여러분을 고려하도록 하자. 그러나 이런 조건에서도 절대로 동의할 수 없는 것이 한 가지 있다. 여러분의 결혼이다. 아니! 여러분은 한 인생을 이끌어 오면서 희한하게도 실패했는데, 이제 그 인생에 다른 인생을 결합하는 것보다 현명한 일을 찾을 수 없다는 말인가? 이는 여러분이 아주 작은 일에 충실하지 못했으니 열 개의 도시를 지배하겠다고 자청하는 셈이다. 결혼 단계로 나아가면 여러분에게 남아 있던 위안과 변명거리도 떨어져 나간다. 여러분은 자신의 적에 그치지 않고, 아내의 적도 되는 것이다. 지금까지 여러분은 그저 아랫사람의 자세로 살아왔다. 살면서 주위에 모질게 강타를 날리기도 했지만 스스로 선택하거나 추진한 것이 아니었으므로 절반의 책임밖에 없었다. 이제 여러분은 매사를 독자적으로 받아들여야 한다. 신이 여러분을 만들었지만, 결혼은 여러분 스스로 선택했다. 아내의 온갖 고통을 책임져야 할 사람은 오직 여러분이다. 가석방 죄수를 위험한 고갯길로 이끌어 가기 전에 사람은 자신이 아는 바를 명확히 인식해야 한다. 여러분은 살아오면서 계속 길을 잃었고, 그 결과를 지금도 개탄한다. 그러면서도 능숙하게 아내 손을 잡고 맹목적으로 끌어당겨 뒤따라 파멸에 이르게 한다. 알다시피 아내를 선택한 것은 여러분이다. 무엇보다도 아내의 행복을 바라면서 여러분의 희생양으로 선택한 셈이다. 여러분은 아내에게 무너질 다리나 손해 볼 투자에 대해 진지하게 경고할 것이다. 만일 그녀가 다른 사람과 결혼한다면, 그녀의 운명에 대한 걱정으로 얼마나 애태울 것인가! 누이를 소중히 생각

하는 마음은 절반밖에 안 되더라도, 여러분보다 낮지 않은 남자에게 누이의 장래를 맡기기는 얼마나 불안할 것인가!

결혼한 남자에게는 시간의 개념이 달라진다. 이제는 옆길로 새 나가 초원에서 무심하게 어슬렁거릴 수 없다. 똑바로 난 길고 먼지 자욱한 길이 무덤까지 이어진다. 빈둥거리는 것이 총각에게는 잘 어울리고 슬기로울 수도 있지만 부양할 아내가 있으면 달리 보이기 시작한다. 결혼 후에도 슬쩍 옆길로 빠져나가는 경우가 있으리라고 생각해 보자. 작년 11월에 일어난 일은 내년 2월에도 분명히 일어난다. 과거에도 여러분이 의도한 사건은 아니었기에 짜증스러웠을 터다. 그러나 미래에는 얼마나 짜증스럽고, 아내의 신뢰와 평정심은 얼마나 뒤흔들릴 것인가! 과거에 여러분은 빛과 어둠이 공존하는 인생의 수천 가지 불쾌한 일을 각별히 인식하지 않으려고 몸을 사렸다. 여러분의 양심을 맹목적으로 떠받들지도 않았다. 실패하더라도 고개를 끄덕여 인정하고 나면 그만이었다. 그러나 이처럼 판단을 유보하던 시절은 끝났다. 여러분이 자신의 인생에, 이 패배의 현장에 의도적으로 목격자를 들여놓았으므로, 이제는 아름답지 못한 사건에 마음의 눈을 감아 버릴 수 없고, 똑바로 서서 자신이 저지른 소행을 밝혀야 한다. 그 목격자는 여러분이 저지른 잘못의 재판관일 뿐 아니라 희생자이기도 하다. 그녀는 여러분에게 가장 날카로운 벌을 내릴 수 있을뿐더러, 스스로도 그 시련을 다감하게 함께 나눠야 한다. 여러분이 자신의 염탐자로 그녀를 선택했을 때 얼마나 무모했던가를 다시 한 번 인식하라. 여러분은 아내의 존중을 가장 소중하게 생각했고, 그녀가 여러분을 실제보다 낮게 생각하도록 이미 만들었다. 여러분은 양심이 있고 신을 믿는다고 생각할지 모른다. 하지만 양심이 아내에게 뭐란 말인가? 옛 현인은 신의 동상을 세우고 그 대리석 동상의 눈을 의식하며 그 앞에서 인생의 자기 역할을 수행했다. 신은 식탁에 앉은 그를 바라보았고, 아침에 눈뜨는 그의 침대 옆에 서 있었다. 고대 도시에서 사람들이 물건을 사고팔거나 피리를 불거나 씨름을 할 때 인간 외부에 존재하는 사물의 상징이 도처에 서 있곤 했다. 이는 고요한 예술 언어로 전달된 교훈이다. 그 교훈은 그들의 이야기를 충실하면서도 부드럽게 들려주었다. 여러분이 존중하는 여성이 여러분의 불친절한 행동에 눈물을 흘리거나 여러분의 그릇된 행동을 부끄러워하며 얼굴을 붉힌다면 그것은, 말하자면 똑같은 교훈이다. 하지만 얼마나 가슴 아프고 고통스럽게 배워야 하는 걸까! 가엾은 이탈리아 여자들은 채색한 성모상을 벽 쪽으로 돌려놓는다. 여러분은 아내를 한쪽에 치워 놓을 수 없다. 결혼을 한다는 것은 인간의 죄과를 기록하는 천사를 가정에 들여놓는 일이다. 일단 결혼을 하면 선량한 사람이 되는 것 말고는 다른 선택이 없고, 자살도 선택지는 아니다.

그런데 결혼에서 친절이란 한 가지 미덕 이상으로 복잡한 문제다. 두 가지 이상을 실천해야 하기 때문이다. 사실 아가씨들은 온실에서 꾸짖기 잘하는 친척들과 살아왔고, 친척 어른들의 말은 곧 법이었다. 그녀는 자기 판단을 희생하고 사랑하는 아빠에게서 정답을 순종적으로 받아들이도록 키워졌다. 그녀가 자신의 기조를 남편의 기조로 아주 신속하게 바꿀 수 있다는 것은 놀랍기만 하다. 그녀에게 도덕이란 대체로 계율과 순응의 문제였다. 하지만 총각은 사생활과 자유를 어느 정도 누리면서 제 천성과 다소 일치하는 도덕적 판단을 내려 왔다. 그가 지은 죄는 스스로 죄라고 인정하는 것이었다. 명확한 자기 확신에 어긋나는 행위를 했을 때만 죄를 짓는 셈이었다. 그의 걸음을 이끌어 주는 빛은 흐릿했지만 그것은 단 한 가지였다. 그런데 기질과 정신이 제각각인 두 사람의 운명이 하나로 합쳐질 때, 비교적 확실한 이 빛에 이어 그에 맞서는 어마어마한 지배권이 등장한다. 인생이 제 눈에 어떻게 보이는지는 더 이상 그리 중요하지 않다. 다른 사람을 고려해야 한다. 강자는 상대 약자의 기분을 상하게 해서는 안 된다. 내가 기꺼이 배려해야 할 유일한 약자는 (단도직입적으로 말하면) 내 아내다. 나는 아내를 위해, 오로지 아내를 위해서만 내 올바른 판단을 철회하고, 내 인생의 방향을 돌려 나아가야 한다. 그렇다면 이런 타협의 분위기에서, 어떻게 해야 명예를 더럽히지 않고 비열한 항복을 피할 것인가? 사랑의 애원을 어떻게 물리칠 것인가? 방종을 부르짖는 당신이 어떻게 갑자기 엄격한 랍비로 바뀔 수 있을까? 제멋대로 게으르게 살아온 당신이 당신을 속속들이 알아낸 하인 앞에서 어떻게 영웅 행세를 할 것인가? 상호 방종을 용인하고 싶은 유혹은 결혼 생활의 도덕성을 특히 위험에 빠뜨린다. 그들은 처음에 느꼈던 이상에서 나날이 조금씩 추락하고, 이런 변화를 얼마간은 무디고 안일하게 받아들인다. 마침내 사랑의 신이 깨어나 주위를 돌아본다. 남자 주인공은 브랜디에 빠진 뚱뚱한 짐승으로 전락했고 여주인공은 천사의 광휘가 벗겨져 있음을 깨닫는다. 처음 환멸을 느낀 순간에 사랑의 신은 영원히 달아나 버린다.

다시 말해 이런 결혼에서 남편은 대체로 남자답고 아내는 흔히 여자답다. 이럴 경우 결혼이 더 확고해지기는 하지만, 그 불확실한 관계에 오해의 베일이 한층 두텁게 덮인다. 여자다운 여자는 남자다운 남자보다 조금 더 찾기 어렵다. 그렇지만 내가 여자라면 아마 정반대로 주장할 것이다. 적어도 우리는 거의 모두 이쪽이나 저쪽 진영에 들어간다. 여성적 직관으로 여자를 즐겁게 해 주는 남자는 종종 이면의 남성성을 우연히 폭발시켜 흠모자들을 쫓아 버린다. 대단히 남성적이고 단도직입적인 여자는 언젠가 연속적으로 길게 늘어나는 망원경처럼 다양한 면모를 드러내어 당신을 몹시 놀랠 것이다. 그녀가 내심은 자기보다 솔직하다고 생각하고 이 복잡한 미로에서 진실을 찾으려고 헐떡이며 허우적거릴 남자에게 슬픔이 있을진저! 실로 각 성의 고유한 자질은 상대에게 영원히 놀랍다. 라틴계와 튜턴계 사이에도 이와 비슷한 차이가 존재하는데, 아무리 공감을 쏟아부어도 그 차이는 메울 수 없다. 어른들의 지혜라고 흔히 일컬어지는, 인생에 대한 타당하고 명료하며 상투적인 설명은 경건한 거짓말로 이 어려운 문제를 더 혼란스럽게 해 놓았다. 그래서 천사 같은 얼굴에 거의 먹지 않고 하루 종일 피아노를 치며 교회에서 매혹적으로 노래를 부르는 아가씨가 어쨌든 작은 악마라고 판단할 수 있으려면 냉소주의라고 오칭된 거친 불신이 있어야 한다. 하지만 실제로 그러하다. 그 아가씨는 고자질쟁이에다 거짓말쟁이, 도둑일지 모른다. 브랜디를 좋아하며 인정머리 없을 수도 있다. 로저몬드 빈시를 그려 낸 조지 엘리엇에게 나는 찬사를 보낸다. 엘리엇은 리드게이트라는 배우자를 통해서 혐오스러운 풍자를 예술의 목적에 맞게 탈바꿈했다. 그 풍자는 청년 교육에 대단히 요긴한 것이었다. 기사도 정신의 발로일지라도 여자가 탁월하다는 주장은 거짓일 뿐 아니라 비겁하다. 이 사실을 직시하고, 여러분이 결혼을 한다면 종류는 달라도 여러분의 결함에 뒤지지 않는 결함을 지닌 인간을 여러분의 인생에 들여놓는다는 사실을 인식하는 편이 낫다. 그녀의 연약한 인간적 심장은 당신의 심장보다 아름답게 뛰지 않는다.

그러나 일반적인 교양 교육은 이성에 대해 모호하게 가르칠 뿐 아니라 두 성의 자연스러운 차이를 더욱 확대한다. 인간은 빵으로만 사는 것이 아니라 대체로 유행어에 따라 사는 존재다. 소녀들에게 어떤 유행어를 가르치고 소년들에게 다른 유행어를 가르치면 그것만으로도 이성 간 작은 균열은 엄청나게 벌어진다. 소녀에게는 아주 협소한 경험 영역만 보여 주고 엄격한 판단과 행동 원칙을 가르친다. 소년에게는 보다 넓은 세계를 보여 주고 그에 따라 확대된 행위 원칙을 제시한다. 양성은 서로 다른 미덕을 추구하고, 서로 다른 악덕을 미워하며, 심지어 상대에 대해서도 서로 다른 성취를 이상으로 삼도록 교육받는다. 이런 과정은 어떤 결과를 낳을까? 이인용 마차에 탄 두 사람이 말 한 마리가 달아나는 바람에 당황한 나머지 각자 고삐를 하나씩 잡으면 그 마차가 결국 도랑에 빠질 것은 뻔하다. 그러므로 경험 없는 젊은이와 풋내기 아가씨가 플롯과 바이올린 연주에 맞춰 춤을 추다가 극히 진지한 계약을 맺고는 터무니없이 서로 다른 생각을 품고 인생 항해에 나서는 모습을 볼 때, 난파하지 않고 항구에 도달한다는 것이 오히려 놀라운 일이다. 청년에게는 남자다운 사소한 잘못이고 자랑스럽기도 한 사건을 아가씨는 비열한 악덕으로 여기며 몸서리친다. 아가씨에게는 상식적인 술책에 불과한 것을 청년은 수치스럽게 여기며 침 뱉는다. 풋내기 커플은 이러한 불일치의 바다를 헤쳐 나가, 어떻게든 서로를 사랑하고 실로 존중해야 한다. 때가 되면 자신들의 역할과 당혹감을 물려받을 어린 남자와 여자를 가르칠 준비가 되어야 한다.

하지만 뭐니 뭐니 해도, 결혼에서 꽁무니를 빼는 남자는 전쟁터에서 도망가는 남자나 마찬가지다. 미덕을 발휘할 기회를 회피하는 것은 용감하게 전진하다 쓰러지는 것보다 고약한 실패다. 유혹에 빠지지 않게 해 달라고 신에게 기도하는 것은 온당하지만, 다가온 유혹에서 몰래 달아나는 것은 그렇지 않다. 금세기 가장 고상한 책의 가장 고상한 단락에서 늙은 교황은 젊은 영웅의 시련을, 아니 그의 부분적 실패와 불완전한 승리를 기뻐한다.[48] 그런 남자다운 자질이 없다면, 양심이 없는 편이 낫다. 그러나 달아나도록 가르치는 것과 한층 조심하며 행군할 수 있도록 위험한 지점을 알려 주는 것은 전혀 다르다. 이 글의 진정한 결론은 불안감을 떨치고, 믿음이라는 그 찬란하게 빛나는 용감한 미덕을 껴안으라는 것이다. 희망은 소년과 같아서 눈멀고 저돌적이며 쾌활하고, 소금을 갖고 제비를 쫓아다니기 좋아한다.[49] 믿음은 진지하고 노련하면서도 미소를 띤 어른과 같다. 희망은 무지에서 피어나지만, 두 눈을 크게 뜬 믿음은 우리의 인생과 폭압적 상황이나 인간의 나약

---

48 (원주) 브라우닝의 『반지와 책』.
49 제비 꼬리에 소금을 올려놓으면 제비를 잡을 수 있다는 아동 민담에 대한 언급. 순진하고 낙천적인 사람만이 그런 민담을 믿으리라는 뜻이다.

한 결심에 대한 확고한 인식 위에서 자란다. 희망은 무조건적 성공을 기대하지만, 믿음은 실패를 확신하고 명예로운 패배를 일종의 승리로 여긴다. 희망은 친절한 옛 이교도 같지만, 믿음은 기독교 시대에 성장해서 일찌감치 겸손을 배웠다. 희망찬 기분일 때 사람은 최고의 기품과 미덕에 당장 도약할 수 없어서 분개한다. 믿음을 지닐 때는 자신의 나약함을 의식하면서 한 해가 오고 갔어도 명예를 아직까지 조금이나마 지켜 냈다는 데 긍지를 느낀다. 전자는 아내가 천사이기를 기대한다. 후자는 아내가 자신처럼 잘못을 저지르고 경솔하며 진실하지 않거나 자신과 마찬가지로 나아지려고 몸부림치며 빛을 발하고 무력한 자질로 이루어져 있음을 안다. 학교에 다닐 때는 희망을 품어도 무방하다. 하지만 결혼하기 전에는 세상의 복잡다단한 교훈을 배워야 한다. 인형은 톱밥으로 채워져 있지만 아주 좋은 장난감임을. 희망과 사랑은 결코 실현되지 않을 완벽성을 추구하지만 그것을 굳게 고수할 때 인생의 자극제이자 버팀대가 되어 줌을. 여러분 자신은 허약함으로 가득 차 있어서, 즉 불완전함에 있어서 완전하지만, 사랑스럽고 보존할 가치가 있는 무언가를 내면에 지녔음을. 대다수 인간은 이런 졸렬한 저주를 받았지만 폭넓게 해석하면, 이 저주가 여러분에게 교훈이자 모범이고 평생의 고귀한 동반자가 되리라는 것을. 이렇게 생각하면서 여러분은 늘 자신의 무가치를 견디고 벗의 결함을 쉽게 용서할 것이다. 아니 여러분은 오점을 늘 인식하면서 현명하게 기뻐할 것이다. 왜냐하면 기혼자들의 결함은 서로를 끊임없이 매시간 자극해서 한층 낮게 행동하고 더 높은 곳에서 만나 사랑하게 하기 때문이다. 결함들 사이에서 용기와 위안을 주는 친절한 미덕이 늘 살며시 드러날 터다.

3 사랑에 빠지는 것에 관하여

"맙소사, 이 인간들은 지독한 바보로군!"[50]

인간을 정말로 깜짝 놀래서 선입견을 떨쳐 버리게 하는
사건은 인생에 단 한 가지밖에 없다. 그 밖의 사건은 대개 예
상대로 일어난다. 사건이 꼬리를 물고 실로 유쾌하고 다양하
게 이어지지만, 놀랍거나 강렬한 사건은 거의 없다. 모든 사건
들이 결합되어 사색의 배경이 되거나 반주처럼 줄곧 이어질
뿐이다. 사람은 차분하고 주의 깊고 명랑한 사고 습관에 자연
스럽게 빠져들고, 내일이 오늘과 어제와 똑같이 이어지리라
기대하는 인생관을 지니게 된다. 그는 사랑에 빠진 친구와 지
인들의 변덕에 익숙해질 것이다. 때로는 이해할 수 없는 기대
감으로 자신에게도 사랑이 다가오기를 고대할지 모른다. 하
지만 이 문제에 있어서는 직관도, 다른 사람들의 행위도 진실

---

50 셰익스피어의 『한여름 밤의 꿈』에서 사랑에 빠져 어리석게 행동하는 사람들을
보고 요정 퍽이 하는 말.

에 이르는 데 도움이 되지 않는다. 사랑에 관한 올바른 생각이나 글 중에 개인적 경험이 아닌 것은 없다. 한 유명한 프랑스 이론가에 대한 일화가 있다. 그는 자신이 속한 작은 모임에서 어떤 주장을 열렬히 피력했는데, 그가 사랑을 경험한 적이 없다는 반론이 제기되었다. 그러자 그는 자리에서 일어나 모임을 박차고 나오며 그 결함을 보완했다는 생각이 들 때까지 돌아오지 않겠다고 말했다. "자, 이제는 그 논의를 계속할 자격이 있소."라고 그는 다시 들어서면서 말했다. 그는 결국 그 주제를 깊이 통찰하지 않았을 것이다. 하지만 이 이야기는 올바른 생각이 어떤 것인지를 보여 주는 일례가 된다.

눈에 끼었던 막이 마침내 떨어져 나갔을 때, 남자는 확연히 달라진 자신의 상황에 경악하지 않을 수 없다. 지금껏 살아온 대로 느긋한 반감이나 기호에 따라 행동할 게 아니라 압도적인 감정을 상대해야 한다. 그는 지금까지 존재하는지도 몰랐던 고통과 쾌감의 가능성을 감지한다. 사랑에 빠지는 것은 불합리한 모험 그 자체. 진부하고 합리적인 세계에서 우리는 그것을 초자연적 현상으로 생각하고 싶어 한다. 그 결과는 원인에 비해 터무니없이 중대해진다. 어쩌면 그리 사랑스럽지도 아름답지도 않은 두 사람이 만나서 이야기를 조금 나누고 서로의 눈을 조금 들여다본다. 둘 다 이런 일을 수십 번 겪었어도 별다른 결실이 없었다. 그런데 이번에는 모든 것이 다르다. 상대방이 신의 창조물의 핵심이자 중심점이 되고, 그간 힘겹게 쌓아올린 의견이 단 한 번의 미소에 무너지는 상태에 즉시 빠져든다. 이런 상태에서 우리의 계획은 단 하나의 지배적인 생각과 결합되어 우리의 사소한 보살핌은 수없는 헌신이 되고, 삶 자체에 대한 사랑은 그토록 소중하고 탐나는 인간과 같은 세상에 머물고 싶다는 소망으로 바뀐다. 그러는 동안 지인들은 망연히 바라보면서 서로 열렬히 힘주어 묻는다. 아무개가 대체 그 여자에게서 무엇을 보는 걸까? 그 여자는 그 남자에게서 무엇을 볼 수 있을까? 정말이지 나는 모르겠다. 나로서는 여자들의 의도가 무엇인지 짐작할 수 없다. 벨베데레의 아폴로 상이 갑자기 온몸에 빛을 발하며 생기를 띠고 신다운 분위기를 풍기며 받침대에서 걸어 나온다면, 그렇다면 그럴 만할 것이다. 그러나 스스로를 남자라고 부르면서도 만찬 식탁에서 참아 줄 수 없이 재잘거리는, 요정의 농간으로 뒤바뀌어 태어난 아이 중에서 사랑을 불러일으킬 만한 가치 있는 남자는 본 적이 없다. 레오나르도 다빈치와 젊은 시절의 괴테를 제외하면, 그런 남자에 대해 읽은 적도 없다. 여자에 대해서는 조금 다르게 생각하지만 이는 불행히도 내가 남자로서 품은 의견이다.

많은 문제에서 여러분은 운명을 불러 세워 꼼짝 말고 가진 것을 모두 내놓으라고 요구할 수 있다. 거의 누구나 과감하게 분발하고 인내한다면, 고된 노고와 고상한 생각, 모험적 흥분, 이러저런 사람들의 정신적 양식(糧食)을 이루는 많은 것을 손에 넣을 수 있다. 그러나 사랑에 빠지는 일은 결코 모두에게 일어나지 않는다. 사랑에 빠지는 폴 스타프를 그려 달라고 엘리자베스 여왕이 요청했을 때 셰익스피어가 얼마나 곤혹스러워했는지 여러분은 알 것이다. 나는 헨리 필딩이 사랑에 빠진 적이 없었으리라고 믿는다. 『롭 로이』의 한두 단락만 아니면, 스콧도 거의 비슷한 인상을 준다. 이 두 작가는 유명한 인물인 데다 (그보다 더 적합한 미덕으로서) 튼튼하고 건강하며 섬세하고 너그러운 사람이었으므로 정반대로 예상할 수 있을 것이다. 이 지표면을 아주 적절히 점유한 활기 없고 재단사처럼 판에 박힌 수많은 군상에 대해서, 그들이 어떻게든 연애에 빠진 상황을 상상해 보는 것은 분명 터무니없다. 물에 젖은 넝마 조각은 불가를 지나쳐도 아무 일 없다. 눈먼 사람이 낭만적인 풍경에서 깊은 인상을 받으리라고 기대할 수 없다. 이와 별개로, 수많은 매력적인 사람들이 이 세상에서 서로를 못 보고 지나치거나 불운한 상황에서 마주칠 수도 있다. 또한 미묘하고 결정적인 순간에 사랑의 고백이 이뤄져야 한다. 그런데 연애로 발전하는 경우의 절반은 소심함이나 기회 부족으로 고백에 이르지 못하고, 사 분의 일 이상은 거기서 중단되고 끝난다. 물론 아주 노련한 사람이라면 방법을 고안해서 적시에 사랑을 고백한다. 한편 계속해서 거절을 당하는 아주 군센 남자도 있다. 그런 남자는 사십 번이나 고백하는 한이 있더라도 긍정적인 답변을 들을 때까지, 사람들과 천사들이 놀라서 쳐다보는 가운데, 조금도 동요하지 않고 계속 고백한다. 내가 여자라면, 그럴 역량이 있는 사람과는 결혼하고 싶겠지만 이미 그리한 사람과는 결혼하고 싶지 않다. 사십 번이나 되는 고백은 조금 비참하고 왠지 역겹다. 부부 중 한 사람이 그런 식으로 연타를 당해서 수락한 결혼을 유쾌하게 생각할 수 없다. 사랑은 사랑을 맞으러 두 팔을 벌리고 달려 나가야 한다. 실로 위험을 무릅쓰고 깜깜한 방에 함께 들어가는 두 어린애처럼 두근거리는 가슴으로 같은 보조로 사랑에 빠지는 것이 가장 이상적이다. 그들은 서로를 처음 본 순간부터 극도로 호기심을 느끼고 즐거움과 당혹감이 점점 커지는 여러 단계를 거치면서 상대의 눈에서 제 고통을 읽을 수 있다. 여기에는 고백이라 할 것도 없다. 감정을 공유하고 있다는 사실이 너무도 명백하므로, 남자는 제 마음속에 있는 바를 깨닫는 순간 여자의 마음속에 있는 바를 확신한다.

사랑에 빠지는 이 단순한 사건은 놀랍기도, 이롭기도 하다. 그것은 마음을 무감각하게 만드는 세월의 영향력을 저지하고, 냉정하고 냉소적인 결론이 틀렸음을 입증하고, 잠자던 감수성을 일깨운다. 지금까지 남자는 손에 닿지 않는 기쁨을 믿지 않는 편이 상책이라고 여겨 왔다. 그래서 강렬하고 화려한 자연의 장관에서 등을 돌리고 오로지 평범하고 지루한 것을 바라보곤 했다. 그는 무미건조한 이상을 받아들였고, 많은 공감을 사용하지 않음으로써 닫아 버렸다. 젊고 재치 있거나 아름다운 남자들은 사랑의 이점을 의도적으로 포기했다. 그는 사랑에 관한 옛 신화에서 무사태평이라고 듣기 좋게 불리던 태도를 취하는 데 합류했다. 그러고는 묘하게 뒤섞인 감정으로 자존심을 실컷 세우고 이기적인 자유를 선호하며 정직한 사람들이 심각한 이해관계를 고려할 때처럼 맹렬히 밀려드는 공포를 느끼면서 선별된 행위 가운데 인생의 곧바른 경로에서 뒷걸음질 쳤다. 그런데 지금 갑자기 성 바오로처럼 자신의 이단적인 허세에서 떨어져 나온 것이다. 작년에는 차질 없이 똑딱거렸던 심장이 껑충 뛰더니 불규칙하게 높이 고동치기 시작한다. 마치 그 순간까지는 무엇을 들은 적도, 느낀 적도, 본 적도 없는 것 같다. 기억을 돌이켜 보면 예전에는 잠든 상태와 깬 상태의 중간 혹은 깊은 몽상에 빠진 상태에서 살아온 것 같다. 그는 실제로 불편할 만큼 너그러운 감정에 휩싸이고, 혼자 있을 때 싱글벙글하며, 달과 별을 멍하니 바라보게 된다. 하지만 이처럼 과도하게 부푼 마음 상태를 그려 내는 것은 수필의 영역이 아니다. 그것은 이미 수없이 묘사되어 왔고, 그것도 감탄스럽게 그려져 왔다. 「아델라이데」[51]에서, 테니슨의 『모드』에서, 하이네의 몇몇 노래에서 이 한여름의 기분은 완벽하게 묘사되었다. 로미오와 줄리엣도 깊은 사랑에 빠졌다. 이렇게 생각하지 않는 독일 비평가들도 있다지만, 머큐시오가 아둔하다고 주장하는 이들일 터다. 가엾은 안토니가 사랑에 빠졌다는 점은 틀림없다. 『레 미제라블』의 시시한 인물 마리우스도 그 나름의 진정한 사랑을 보여 주므로 주목할 만하다. 조르주 상드의 많은 인물들은 사랑에 홀딱 빠져 있고, 조지 메러디스의 많은 인물들도 그러하다. 합쳐 보면 사랑이라는 주제에 관한 읽을거리는 상당히 많다. 사랑의 원천이 젊은이의 내면에 있다면, 그에게 진동을 일으키는 데 필요한 현이 있다면, 그는 사랑의 도시가 보이는 천국 변경 뷸라의 땅[52]에 예술의 열쇠를 가지고 들어설지 모른다. 그가 잠시 거기 앉아서 즐거운 희망과 위험한 환상에 잠기도록 내버려 두자.

열정이 처음 피어날 때 일어나는 한 가지 현상은 명확히 설명하기 어렵다. 사랑에 빠진 남자는 잠을 자려고 눕거나 깨어나고 움직이고 숨을 쉬고 계속 생활하면서 삶의 모든 영역에서 최고의 기쁨을 의식하고, 그러면서 (어째서인지 모르나) 자기 행복이 세상에 유익하고, 자신이 가치 있는 인물이라고

51 독일 가곡.
52 「이사야서」에 언급된 안식의 땅.

여기기 시작한다. 인류는 변변치 않은 항성의 한구석에서 몇몇 젊은 신사들이 벌이는 전쟁의 소음이 천국의 법정에서도 무시무시하게 메아리치지 않는 데 결코 만족할 수 없었다. 이와 동일한 취향에서, 인간은 자기 가슴에서 난리법석이 일어날 때 그것이 이웃에게도 영향을 미치리라고 상상한다. 두 연인은 상대가 너무 매혹적인 나머지 다른 이들에게도 최고로 멋지게 보일 거라고 생각한다. 그들은 자신들과 자기들의 사랑 때문에 하늘이 푸르고 태양이 빛난다고 상상하기도 한다. 물론 사람들이 구애하는 동안에는 날씨가 대체로 맑다……. 사실 그 행복한 남자는 다른 남자들에 대해 아주 친절한 마음을 품지만, 고관처럼 거들먹거리기도 쉽다. 사람이 공국이나 교황청 같은 문제에 주제넘게 굴거나 젠체하게 된다면, 아찔할 정도로 높이 인생의 정상에 올라섰을 때 거만하다는 의심을 사지 않을 수 없다. 아찔할 정도로 높이 올라가는 것은 사랑을 하고 그 보답을 받을 때다. 따라서 공인된 연인은 다른 사람들에게 말할 때 다소 거들먹거린다. 우쭐해하며 열정과 자부심을 느끼므로 소박한 태도를 보이는 일이 거의 없다. 여자들에 대해서는 수많은 잔 다르크를 대하듯 고상하고 순수하며 관대한 감정을 품지만 이런 감정이 태도에서 드러나지는 않는다. 그들은 약간 우둔한 그랜디슨[53] 같은 태도로 여자들을 대한다. 여자들이 이런 태도를 좋아하지 않는다고 전적으로 확신할 수는 없다. 실은 『대니얼 데론다』를 읽으며 어리둥절한 이후로 나는 여자들이 무엇을 좋아하는지 이해하려는

---

53 새뮤얼 리처드슨의 소설 『찰스 그랜디슨 경의 생애』의 주인공으로 도덕적이며 기사적인 인물.

노력을 포기했다.

어떻든 연인의 기쁨이 다른 이들에게도 축복이고 자신의 행복으로 인해 모두들 행복해지리라는 이 황당하고 터무니없는 맹신은, 다른 것은 몰라도 사랑을 너그럽고 고결하게 간직하는 데만큼은 도움이 된다. 어쨌든 순전히 근거 없는 맹신은 아니다. 그들에게 큰 관심을 품는 다른 연인들이 생긴다. 그들은 자신들의 위대한 감정을 흉내 내려는 사람들을 볼 때 동정심을 느끼기도 하고 인정도 표하면서 미묘한 균형을 유지한다. 연극에서 양갓집의 젊은 남녀가 테라스에서 사랑을 속삭일 때 마부와 흥얼거리기 좋아하는 하녀가 거친 희롱을 나누거나 가볍고 사소한 연애를 키워 가는 그림은 주지의 사실이다. 사람들은 상상 속에서 대개 주역을 맡기에, 독자는 그 같은 대비를 실생활에 적용해도 과히 틀리지 않을 터다. 간단히 말해서 그들은 다른 사람들의 연애가 자신들의 연애처럼 확고하지는 않다고 믿으면서도 그 연애의 진척을 몹시 기대한다. 또한 사랑은 구경거리로서 그런 경험이 없는 많은 사람들에게 매력적이다. 감상적인 노처녀는 소설가들이 흔히 다루는 소재다. 사랑의 매력적인 광기를 너그럽고 공감적으로 볼 수 없는 사람은 가엾다. 자연은 더없이 교묘한 방식으로 사람들에게 호소하기 때문이다. 아주 바쁜 사람이라도 이따금 아름다운 일몰의 광경에 시선을 빼앗긴다. 아무리 온화하거나 냉혹한 사람이라도 멋지게 논박된 언쟁을 읽거나 오솔길에서 연인 한 쌍과 마주칠 때면 유감하기 마련이다.

사랑이 유익한 기쁨을 준다는 이 생각은, 세상 전반과 관런해서는 어떨지 몰라도, 연인들 사이에서는 분명한 사실이다. 사랑에 빠진 사람은 친절하게 행동하고 소통하려는 원대한 뜻을 품는다. 상대의 행복에서 강렬한 희열을 느낀다. 연인의 행복한 표정이나 뜻밖의 애무가 일으키는 자부심이나 겸손, 연민과 열정의 다양한 감정은 한데 뒤섞여 있다. 자기 모습을 아름답게 꾸미고, 머리칼을 손질하고, 언변을 늘리고, 품성과 자질을 부풀려 남들에게 인상적으로 보이도록 최선을 다하는 것은 자아를 확대할 뿐 아니라 더없이 섬세한 경의를 표하는 일이기도 하다. 이 두 번째 의도로써 연인들은 그리한다. 사랑의 본질은 친절인 까닭이다. 실로 사랑은 열정적인 친절이라고 정의하는 것이 가장 좋겠다. 다시 말하면 열광적으로 끈질기고 맹렬하게 베푸는 친절이다. 순전한 일신상 허영은 더 이상 존재하지 않는다. 연인은 남몰래 자신의 약점을 드러내고 그것이 하나씩 수용되고 용서받는 데서 위험한 기쁨을 느낀다. 그들은 자신이 이런저런 좋은 자질 덕에 사랑받는 것이 아니라 바로 자신이기 때문에 혹은 최대한 자신과 비슷하게 내세울 수 있는 것 때문에 사랑받는다고 확인하고 싶어 한다. 가나의 결혼식[54]을 그리거나 『안토니와 클레오파트라』 4막을 쓰는 일도 매우 어렵지만, 자기 성격을 남들에게 설명하는 것은 그보다 더 어렵다. 말과 행동은 그 진정한 의미와 쉽게 유리된다. 그런데 우리가 판단의 준거로 삼는 언어는 말과 행동뿐이다. 따라서 우리의 설명은 대체로 한심스럽다. 좋든 싫든 사람들은 우리의 의도를 오해하고 우리의 감정을 잘못 평가한다. 일반적으로 우리는 실패하더라도 그럭저럭 만

54　예수 그리스도가 최초로 기적을 행한 곳.

족하고, 수다스러운 바람둥이에게 오해를 받더라도 자족한다. 그러나 일단 사랑에 빠져 정신이 약간 나간 남자는 그런 의혹을 명료하게 밝히는 데 명예가 걸려 있다고 느낀다. 그는 이 세상 최고의 여자가 이 중요한 사안을 오해하는 것을 참을 수 없고, 그의 자존심은 오해에 기반하여 사랑을 받는 데 저항한다.

사랑에 빠진 남자는 예전 생활로 돌아가는 것이 내키지 않는다. 사랑하는 여자와 함께 나누지 않았던 권리와 의무, 과거의 행운이나 성향을 되돌아보려면 어렵고 불쾌한 노력을 억지로 기울여야만 한다. 진정으로 중요한 단 한 가지를 알지 못한 채 몇 년을 허비했다는 것, 다른 여자들을 생각하며 조금이라도 만족스러워했다는 것은 그의 자존심에 견디기 어려운 짐이다. 그러나 또 다른 과거에 대한 생각이 독 묻은 상처처럼 그의 마음을 괴롭힌다. 어떤 만남 이전의 시시하고 하찮은 나날을 인습적으로 살아왔다는 것이 양심상 몹시 개탄스럽지만 그녀 또한 과거에 그녀 자신에게 똑같은 자유를 허용했으리라는 것은 신의 섭리에 어긋난 일로 느껴진다.

많은 사람들은 실제로 불편할뿐더러 부자연스럽다고 판단해서 질투심을 억제한다. 이는 온당치 않다. 성미가 고약한 신하처럼 질투심이 섬기는 사랑이라는 감정 그 자체도 바로 동일한 의미에서 동일한 정도로 부자연스럽기 때문이다. 이런 반박은 질투심이 늘 있던 인간의 특성은 아니었음을 의미한다. 천지개벽이 일어났을 때 인간이 지녔을 소박한 감정 구성에 질투심은 포함되지 않았고, 오래 지난 후 시절이 나아지고 만물이 풍부해진 다음에야 등장했을 것이다. 사랑이나 우정, 조국애, 이른바 자연의 아름다움에서 느끼는 기쁨, 가치가 있는 감정은 대부분 마찬가지다. 특히 역사적으로 세밀하게 검토한다면 사랑이라는 감정은 배겨 내지 못할 것이다. 사랑에 빠진 사람에게 사랑이란 반박할 수 없는 사실이다. 그러나 다른 시기와 다른 나라에서, 가령 그리스에서 사랑이 과연 어떠했을지 묻기 시작하면 기이하기 짝 없는 의혹이 일기 시작하고 온통 모호하고 색다르게 보여서, 그에 비하면 꿈이 오히려 논리적으로 여겨질 지경이다. 어떻든 질투심은 사랑이 빚은 결과 중 하나다. 여러분이 임의대로 좋아하든 말든 질투심은 여기 존재한다.

　　하지만 우리가 사랑하는 사람의 과거를 생각할 때 느끼는 감정은 엄밀히 말해서 질투가 아니다. 행복한 수년간의 결혼 생활에서 편지 꾸러미를 발견한다고 해서 현재 삶이 불안정해지지는 않겠지만, 남자에게 예리한 고통은 가해진다. 두 사람이 서로에게 천박한 의심을 품지 않더라도 과거는 곤혹스러운 문제로 떠오른다. 아무 일도 없으려면 그들은 자신들을 서로 엮어 준 감정을 품은 채 같은 순간에 쌍둥이로 태어났어야 한다. 그러면 실로 간단하고 완벽하며, 의구심이나 뒷생각이 일어날 여지가 없을 것이다. 그들은 다른 식으로는 가능하지 않은 완벽함으로 서로를 이해할 터다. 둘 사이에 연상이 전달되지 못하도록 가로막는 장벽은 없고, 그들은 피를 심장으로 역류시키는 다른 사람과의 비교에 끌려들지도 않을 것이다. 그리고 시간을 조금도 허비하지 않고 최대한 함께 있었음을 인식할 것이다. 미래에 언젠가 다가올 이별에 대한 공포

말고도 남자들은 그들의 만남 이전에 떨어져 있던 시간을 생각할 때 분노와 회한 같은 감정을 느끼기 때문이다. 사람은 사랑으로써 불멸을 믿게 된다고 누군가 썼다. 인생에 그처럼 큰 애정을 위한 충분한 공간이 있는 것 같지 않고, 더없이 강렬한 감정이 고작해야 몇 년의 여분밖에 얻지 못한다고 상상하기 어렵기 때문이다. 실로 그리 생각하기는 어렵다. 그러나 유추해 보면 믿기 어려운 것도 아니다.

"눈먼 큐피드"는 옛 네덜란드풍 정원의 테라스 끝에서 우리에게 미소를 보내고, 쏜살같이 지나가는 세대에게 웃으며 화살을 쏘아 댄다. 그러나 그가 아무리 빨리 쏘아 대도 사냥감은 떨어지는 그의 화살 밑에서 흩어지고 영원 속으로 사라진다. 어떤 자는 화살을 맞기도 전에 떠나고, 어떤 자에게는 단 한 번 몸짓하고 단 한 번 열정적으로 외칠 시간밖에 주어지지 않는다. 모두 한순간에 일어나는 일이다. 그 세대가 가 버리고 연극이 끝나고 삼십 년의 파노라마가 너덜너덜해져 세계의 무대에서 물러날 때, 그 위대하고 강렬한 불멸의 사랑은 어떻게 되었는지, 멋진 믿음으로 필멸의 상황을 경멸한 그 연인들은 어떻게 되었는지에 관하여 우리는 물을 수 있다. 그러면 그들은 지나간 풍류의 노래 몇 편과 기억할 만한 행위 몇 가지 그리고 부모 성향에서 행복한 기질을 물려받은 아이 몇 명을 보여 줄 뿐이다.

4 교제의 진실성

어떤 격언은 겉으로 보기에 순전히 거짓인데도 그 거짓에 우연히 결부된 다른 주제에 관한 절반의 진실 때문에 세상에 통용된다. 그 가운데 가장 널리 퍼진 과도한 속담 하나는 진실은 말하기 쉽고 거짓은 말하기 어렵다는 터무니없는 진술이다. 정말로 그렇다면 진심으로 좋겠다. 그러나 그러려면 진실을 찾는 게 먼저이고 그런 다음에 타당하고 정확하게 발언해야 한다. 정확성을 위해 특별히 고안된 도구, 가령 자나 수준기, 각도기가 있더라도 정확성을 기하기는 쉽지 않다. 안타깝게도 부정확하기가 훨씬 쉽다. 저울에 눈금을 표시하는 사람부터 제국의 국경선이나 천체 항성의 거리를 측정하는 사람에 이르기까지 사람들은 정밀한 방법을 사용하고 끊임없이 세심하게 주의를 기울임으로써 물적 정확성이나 불변의 외부 물체에 대한 명확한 지식에 이를 수 있다. 그러나 달라지는 얼굴을 그리는 것은 산의 윤곽을 그리기보다 어렵다. 인간과 관련된 진실은 이처럼 더 막연하고 미심쩍어서 포착하기 어렵고 전달하기는 더욱 어렵다. 산만한 일상적 대화에서 사실의 진실성(실은 영국을 떠나 본 적이 없을 때 말라바르[55]에 가 보았다는 말을 하지 않거나 스페인어를 한 음절도 모를 때 세르반테스를 원어로 읽었다는 말을 하지 않는 것)은 본래 단순하고 하찮은 문제다. 이런 종류의 거짓말은, 상황에 따라 중요할 수도 그렇지 않을 수도 있다. 어떤 의미에서는 거짓일 수도 아닐 수도 있다. 상습적 거짓말쟁이가 아주 정직한 사람일 수 있으며 아내나 친구들과 진실하게 살아갈 수 있다. 반면에 의례적인 거짓말을 평생 한 번도 하지 않은 사람이 머리끝부터 발끝까지, 마음과 얼굴 모두 하나의 거짓일 수 있다. 이런 종류의 거짓은 친밀감을 해친다. 역으로 감정을 꾸미거나 왜곡하지 않으려는 정조(情操)의 진실성, 관계의 진실성, 자신의 감정과 친구에 대한 진실성, 이것이 사랑을 가능하게 하고 인간을 행복하게 하는 진실이다.

뛰어난 언변은 진실에 유용하게 쓰이지 않는다면 응접실용 재주일 뿐이다. 문학의 어려움은 글을 쓰는 것이 아니라 자신이 의도하는 바를 쓰는 데 있고, 그저 독자에게 영향을 주는 것이 아니라 자신이 바라는 바 그대로 정확히 독자에게 영향을 주는 데 있다. 저서나 공식 연설문을 쓸 때는 이런 어려움이 흔히 인정되고, 유서를 쓰거나 명료한 편지를 쓸 때의 어려움도 모두들 인정한다. 그러나 교양 없는 사람들이 결코 이해하지 못하는 바가 한 가지 있다. 겉으로 명백히 드러나지만 그들의 기지로는 형이상학의 비약처럼 이해할 수 없는 것이다. 그것은 대체로 일상사도 이 어려운 문학적 기술로써 이뤄지

---

55   인도 남서부의 해안.

고, 그 기술의 숙련도에 따라 타인과의 교제가 자유롭고 충만해질 수 있다는 점이다. 사람들은 누구나 자신이 의도하는 바를 표현할 수 있다고 가정하고, 정반대의 경험을 하는 것이 주지의 사실인데도 계속해서 그리 가정한다. 자, 내가 최근에 읽은 책, 릴런드의 매혹적인 『영국 집시』[56]를 펼쳐 보면 7페이지에 다음처럼 적혀 있다.

> 아일랜드 소작민들과 그들의 모국어로 대화할 수 있는 사람은 영어를 통해서만 그들의 생각을 아는 사람보다 아름다움을 감지하는 그들의 감식력과 그들 가슴속 유머와 비애를 훨씬 높이 평가한다고 한다. 북미 인디언의 경우도 그러하며 집시의 경우도 의문의 여지 없이 그러하다는 사실을 나는 직접 관찰한 바로써 안다.

간단히 말해서 인간이 언어에 완전히 통달하지 못하면, 가장 사랑스럽기 때문에 가장 중요한 천성적 자질이 파묻혀 썩어 버린다. 친교의 기쁨과 사랑의 이지적 부분은 바로 이 "유머와 비애"에 달려 있기 때문이다. 이 두 가지가 풍부히 넘쳐 나는 사람이더라도 전달 매체가 부족하면 애정의 시장에 그 어느 것도 유리하게 내놓을 수 없다. 외국어의 경우에 이처럼 명백히 이해할 수 있는 것은 우리가 어린 시절에 배운 모국어에도 부분적으로 해당된다. 사실 우리는 서로 다른 방언으로 말한다. 어떤 방언은 풍부하고 정확하지만, 다른 방언은 엉성하고 빈약하다. 이상적인 화자의 말은 사실의 진실성에 꼭

---

56 미국의 민담 연구가 찰스 G. 릴런드가 펴낸 『영국 집시와 그들의 언어』(1873).

들어맞고, 망토처럼 어설프게 외모를 가리는 것이 아니라 운동선수의 피부처럼 선명하게 밀착될 것이다. 그러면 어떤 결과가 나올까? 그런 사람은 벗들에게 한층 명료하게 마음을 터놓을 수 있고, 인생을 진정으로 가치 있게 만드는 것, 즉 사랑하는 사람들과의 친밀감을 높일 수 있다. 웅변적으로 말하는 사람은 실수하기 쉽다. 그런 사람은 진부한 표현이나 터무니없고 천박한 구절을 사용한다. 자신이 애써 기쁘게 하려는 사람들을 어떤 문장의 독특한 표현으로 간접적으로 모욕한다. 어떤 정서를 품은 사람에게 호소하는 동안 자기도 모르게 다른 정서를 품은 사람의 심기를 건드린다. 그가 하는 일이 세심한 주의가 필요하고 위험투성이임을 아는 여러분은 놀라지 않는다. "오, 인간의 경박한 마음이여, 가벼운 무지여!"[57] 어떤 오해를 해명하거나 명백한 잘못을 변명하려 할 때, 마치 더 위험한 모험에 나서기 위해 마구를 채우듯, 아직 격분이 가라앉지 않은 마음에 재빨리 말을 퍼붓다니! 재치와 웅변이 그리 필요하지 않은 듯이, 분개한 친구나 의심하는 애인의 기분을 상하게 하는 것이 그저 그런 정치가들을 도발하기보다 어렵다는 듯이 말하다니! 아니, 웅변가는 이미 잘 다져진 길을 걷는다. 그가 논의하는 문제는 이미 수천 번 논의되었던 것이다. 언어는 그의 목적에 맞게 형성되어 있고, 그는 상투적인 어휘로 말한다. 그러나 여러분은(여러분의 변론은 셰익스피어도 다루지 않은 미묘한 감정에 바탕하고, 그 감정을 표현하기 위해 여러분은 개척자처럼 아직 측량되지 않은 사고의 영역에 과감히 뛰어들어 문

---

57 빅토리아 시대의 시인이자 사상가인 매슈 아널드의 시 「데자네이라 합창단의 짧은 노래」(1867)의 시구.

학의 혁신자가 되어야 하지 않을까? 사랑에 있어서도 사랑스럽지 않은 유머가 있기 때문이다. 친절한 감정에서도 모호한 행동이나 용서할 수 없는 말이 튀어나올 수 있다. 상처를 받은 사람이 여러분의 감정을 읽을 수 있다면 이해와 용서를 기대할 수 있다. 하지만 슬프게도 마음은 보여 줄 수 있는 것이 아니라서) 말로 입증해야 한다. 여러분은 시를 쓰는 것이 더 어려운 일이라고 생각하는가? 아니 이것이야말로 시를 쓰는 일이고, 최고급은 아니더라도 상위급 시를 쓰는 일이다.

나는 아내에게 자신의 사랑과 견해를 끈기 있게 말해 주고 자서전을 매일 들려주는 동료 남자들의 "평생에 걸친 영웅적인 문학적 노고"를 더욱 찬탄할 것이다. 그들의 곤경과 내 찬탄을 다 같이 줄여 버리는 상황만 아니라면 말이다. 인생이 대체로 그러지만 순전히 문학으로써 영위되지는 않기 때문이다. 우리 몸은 격정에 휩싸여 얼굴이 일그러질 수 있다. 목이 메고 목소리가 달라지며, 자기도 모르게 호소력을 띤 어조로 말한다. 우리의 표정은 펼쳐진 책처럼 쉽게 읽힐 수 있다. 말로 할 수 없는 것은 두 눈을 통해 웅변적으로 드러난다. 영혼은 몸의 감옥에 갇히지 않고 늘 문턱에서 신호를 보내 호소한다. 신음과 눈물, 표정과 제스처, 홍조나 창백함이 더할 나위 없이 명백하게 마음을 보여 주고 한층 직접적으로 다른 이들의 마음에 호소한다. 이런 통역사들이 순식간에 메시지를 전달하면서, 오해가 일어나려는 바로 그 순간에 오해를 막는다. 말로 설명하면 시간이 걸리고, 공정하고 끈기 있게 들어야 하지만, 가까운 관계의 결정적 순간에는 참을성과 공정함에 의존할 수 없다. 하지만 표정과 제스처는 단숨에 상황을 설명하고, 메시지를 모호하지 않게 전달한다. 말과 달리 그것은 비난이나 은밀한 암시를 내포하지 않기 때문에 친구가 마음을 독하게 먹고 진실에 저항하도록 만들지 않는다. 그리고 부정직하고 궤변을 부리는 두뇌를 거쳐 전달되는 것이 아니라 마음의 직접적인 표현이기 때문에 한층 권위가 있다. 얼마 전에 나는 친구에게 보낸 편지 때문에 말다툼을 할 뻔했다. 하지만 직접 만나 내가 쓴 편지의 가장 고약한 부분을 되풀이하고 더 지독한 말도 덧붙였지만, 몸에 기반한 논평이 덧붙여지자 듣기에도 말하기에도 불친절하게 보이지 않았다. 실로 편지는 친밀감을 키우는 데는 무익한 것이다. 부재는 관계를 완전히 단절한다. 하지만 서로를 충실히 알고 사랑을 영원히 유지하려는 두 사람은 사랑하는 마음을 간직해서 헤어졌을 때와 똑같이 친밀한 사이로 만날 터다.

표정을 읽을 수 없는 맹인은 측은하다. 목소리의 변화를 감지할 수 없는 청각 장애인도 가련하다. 측은하게 느껴야 할 사람은 또 있다. 소통의 온갖 상징을 받아들이지 않는, 무기력하고 눌변인 사람이다. 그들에게는 발랄한 표정의 변화나 박진감 넘치는 제스처, 민감하게 반응하는 목소리, 솔직하게 설명하는 말재주도 없다. 실로 진흙으로 빚어진 사람, 아무도 풀수 없는 자루 속에 평생 갇힌 사람이다. 그들의 심장은 세상어떤 언어도 말할 수 없기에 집시보다도 가련하다. 우리는 그들의 행동 방침이나 긍정 또는 부정의 의사 전달을 통해 그들을 서서히 알게 된다. 또는 전반적인 분위기에 의지하여 그들을 믿어 버리고, 이따금 언뜻 터져 나오는 기질을 보면서 우리의 평가를 정정하거나 수정한다. 그러나 매력적이지도 자유롭지도 않은 이런 친밀감을 유지하려면 끝까지 힘겨울 것이다. 자유로움은 신뢰를 이루는 주요한 요소다. 애정 표현에 둔감한 사람들은 신체의 재능을 경멸한다. 그것은 인간 혐오자에게 적합한 원칙이다. 동료 인간을 좋아하는 사람들에게는 무의미한 원칙일 수밖에 없다. 명예와 유머, 정념(情念) 같은 근본적 자질 다음으로 갖춰야 할 바람직한 미덕은 둔감하지 않고 생기 넘치는 얼굴, 온갖 감정에 호응하는 표정, 우아하고 유쾌한 태도다. 그러면 적극적으로 남들의 호감을 사려 하지 않을 때도 즐겁게 느껴질 테고, 무례한 매너로 말의 신빙성을 떨어뜨리거나 자기도 모르게 스스로를 우스꽝스럽게 풍자하지 않을 것이다. 하지만 불운한 사람 중에서도 유난히 불운한 피조물(나는 그런 사람을 인간이라고 부르지 않을 작정이므로)이 있다. 천부적인 표현의 권리를 빼앗겨 기교적 억양을 개발하고, 애완용 원숭이처럼 묘한 표정을 짓고, 어느 모로 보나 다른 인간과의 소통 수단이 손상되거나 단절된 자다. 우리의 몸은 창문이 많이 달린 집이다. 우리는 그 안에 앉아 자기를 보여 주면서 가까이 다가와 사랑해 달라고 행인에게 하소연한다. 그러나 이런 작자의 창문에는 우아하게 채색된 불투명한 유리가 끼워져 있다. 그의 집은 멋진 설계로 찬사를 받고 사람들이 스테인드글라스 창문 앞에서 걸음을 멈추고 감탄할지 모르지만, 안쓰러운 집주인은 내내 그 안에서 위안도 받지 못하고 변함없이 혼자 괴로운 나날을 보낼 터다.

교제의 진실성을 얻기는 적나라한 거짓말을 삼가기보다 어려운 일이다. 거짓을 피하면서도 진실을 말하지 않을 수 있기 때문이다. 의례적인 질문에 대답하는 것으로는 충분하지 않다. 예, 아니요로 소통하면서 진실에 이르려면 질문자에게 상호적 사랑에서 종종 볼 수 있는 영감 같은 것이 어느 정도 있어야 한다. 예, 아니요 자체는 무의미하다. 그 의미는 질문에 관련될 수밖에 없다. 아주 간단한 생각을 전하기 위해서도 많은 말이 필요할 때가 있다. 이런 시도에서는 과녁의 중앙을 맞히는 경우가 결코 없기 때문이다. 우리가 기대할 수 있는 최대치는 다소 빗나가는 화살을 여기저기 많이 쏘아 대어 시간이 흐르면서 우리가 조준한 표적이 드러나고 한 시간 동안 두서없는 이야기를 나눈 후에 한 가지 원칙이나 요지가 전달되는 정도다. 하지만 퉁명스럽고 간결하게 말하는 사람이 요점을 놓치기도 하는 반면에, 서론이 길고 장황한 수다쟁이가 한 가지 모욕을 변명하려다가 다른 모욕을 세 가지 덧붙이는 경우도 종종 있다. 이는 실로 대단히 미묘한 문제다. 세상은 영어가 생기기 전에 만들어졌고, 외견상 언어와 다른 형태로 만들어졌다. 우리가 말이 아니라 음악으로 대화를 나눈다면, 귀가 어두운 사람은 가까운 교제에서 단절되고 이 넓은 세상에서 이방인보다 나을 게 없다고 느낄 터다. 그러나 우리는 말에 "귀가 어두운" 사람이 얼마나 많은지 또한 아주 유창한 사람이라도 대답할 말을 찾지 못할 때가 얼마나 빈번한지를 고려하지 않는다. 나는 질문하는 사람이나 질문을 싫어한다. 거짓말을 하지 않고 대답할 수 있는 상대가 거의 없다. "날 용서할 거예요?" 사랑하는 부인, 저는 지금껏 살아오면서 용서의 의미를 아직 깨닫지 못했습니다. "우리 사이는 전과 똑같죠?" 아니 어떻게 그럴 수 있겠어요? 그것은 끝없이 달라지지요. 하지만 당신은 여전히 내 마음의 벗입니다. "날 이해해요?" 아무도 모르죠. 타인을 이해하는 것은 거의 불가능하다고 생각합니다.

침묵함으로써 가장 잔인한 거짓말을 하게 되는 경우도 종종 있다. 방에 앉아 몇 시간 동안 입도 뻥긋하지 않은 사람이 방에서 나올 때는 불충한 친구나 비열한 모략가가 될 수 있다. 감정을 억누르는 자존심이나 악의, 소심함 혹은 남자답지 못한 수치심 때문에 사랑에 빠진 남자가 결정적 순간에 그저 고개를 숙이고 입을 다무는 통에 사랑이 소멸된 경우가 얼마나 많은가? 또한 진실이 거짓을 말할 수도 있고 혹은 거짓을 통해 진실이 전달될 수도 있다. 사실의 진위가 감정의 진위와 늘 일치하지는 않는다. 부분적 진실은, 질문에 대한 대답에서 종종 그러듯이 비열한 비방이 될 수도 있다. 사실은 이례적일 수 있지만 감정은 법칙이라서 윤색하거나 잘못 전달해서는 안 된다. 대화의 전체적 취지는 개별 진술이 의미하는 바의 일부이고, 시작과 끝이 중간 대화를 규정하고 곡해한다. 여러분은 신에게 말하는 것이 아니라 변덕스럽게 기분이 달라지는 동료 인간에게 말하는 것이다. 올바로 이해하자면 진실을 말한다는 것은 진실한 사실을 말하는 것이 아니라 진실한 느낌을 전달하는 것이다. 글자 그대로의 진실이 아니라 정신의 진실이 참된 진실성이다. 외면하는 친구들을 화해시키려면, 친절하게 해명할 기회를 얻기 위해서보다는 과장 없는 진실을 전하기 위해, 예수회 신도들의 조심성이 필요할 때가 많다. 이와 관련해서 여자들은 평판이 나쁘다. 하지만 그들은 진실한 관계에서 살고 있다. 선량한 여자의 거짓말은 그녀의 심정을 알려 주는 진실한 지표다.

내가 읽은 현대 작품의 가장 숭고하고 유익한 문단에서 소로는 "진실을 말하는 데는 두 사람이 필요하다. 말하는 사람과 듣는 사람."[58]이라고 말했다. 이 사실을 인식하지 못하는 사람이라면 경험이 거의 없거나 진실에 대한 열망이 크지 않을 것이다. 말에 일말의 분노나 의혹이 스며들면 기이한 음향 효과가 생겨서 듣는 사람으로서는 불쾌한 모욕에 촉각을 곤두세우게 된다. 그러므로 전에 말다툼을 한 사람들은 서로 냉담하게 처신하고 언제라도 휴전을 어길 태세가 되어 있다. 진실을 말하려면 정신적으로 대등해야 하고, 그렇지 않으면 존중이 있을 수 없다. 따라서 부모 자식 간 교류는 말로 하는 펜싱 시합으로 전락하기 쉽고 오해가 깊이 박히기 쉽다. 여기에 또 다른 면도 있다. 부모는 자식의 성격에 대해 어린 시절이나 질풍노도의 청년기에 형성된 불완전한 견해를 품는다. 부모는 그 생각에 집착하여 자신의 선입견에 맞는 사실만을 주목한다. 사람은 자신이 부당한 평가를 받는다고 생각할 때 진실을 말하려는 노력을 가차 없이 즉시 포기한다. 반면에 좋아하는 친구나 나아가 연인 사이에서는 (상호적 이해가 사랑의 본질이므로) 한쪽이 쉽게 진실을 보여 주고 다른 쪽은 적절히 이해한다. 하나의 암시나 표정이 장황하고 미묘한 설명의 요지를 전달한다. 인생을 이해할 때는 예, 아니요라는 대답도 빛을 발한다. 가장 가까운 관계(확고한 바탕 위에서 사랑을 똑같이 공유하는 관계)에서는 말이 우회적인 유치한 절차이거나 의례적인 예식처럼 절반은 폐기되고 만다. 두 사람은 함께 있음으로써 직접 소통하고, 거의 쳐다보지도 않고 더욱이 말을 주고받지 않아도 슬픔과 기쁨을 함께 나누며 즐겁게 서로의 마음을 지지한다. 몸이라는 토양 위에 사랑이 머물기 때문이다. 이는

58 (원주)『콩코드와 메리맥 강에서의 한 주』,「수요일」, 283쪽.

자연이 만든 친밀감이라서, 자발적 선택과는 거리가 멀다. 그런 애정은 만남과 더불어 시작되었을 터이므로, 구체적인 지식보다는 이해심이 더 크다. 다른 관계들처럼 형성된 것이 아니기에 그것들처럼 혼란스러워지거나 먹구름이 끼지 않는다. 연인들은 형언할 수 없는 것을 이해하고, 신뢰를 바탕으로 살아가며, 자연스러운 충동에 따라 믿는다. 부부 간에는 몸의 언어가 풍부해지고 희한하게도 유창해진다. 애무가 일으키고 전달하는 생각을 언어로 적는 일은, 셰익스피어라도 실패하고 말 터다.

하지만 무엇보다도 소중한 이 친밀감 속에서 우리는 진실을 얻기 위해 분투하고 투쟁해야 한다. 슬프게도 한 가지 의혹만 일어도 이전의 친밀감과 신뢰는 의심스러운 상대에 대한 또 다른 혐의가 될 뿐이다. '내가 이처럼 오래 철저히 속았다면 얼마나 기막힌 사기인가!' 이런 생각이 일단 떠오르면 청각 장애가 있는 판사 앞에서 애원하는 거나 마찬가지다. 과거에 호소해 보라. 아니 과거는 한심한 짓거리였다! 매사를 명료하게 따져 보고 이성을 설득하라. 슬프게도! 그럴듯한 주장은 여러분에게 불리한 반증일 뿐이다. '당신이 지금 나를 모욕할 수 있다면, 처음부터 날 모욕했겠지.'

강한 애정이 있을 때 이런 순간은 견딜 만한 가치를 얻고 잘 마무리될 것이다. 당신 애인의 가슴속에 당신의 지지자가 있고 그녀 자신의 언어로 말하기 때문이다. 당신을 변호하고 당신의 혐의를 풀 수 있는 사람은 당신이 아니라 바로 그녀다. 그러나 친밀감이 약하고 그리 절실하지 않은 관계라면? 진정

가치 있는 관계일까? 우리는 이해받지 못하고, 그저 불운한 일이 생길까 염려한다. 올바로 행동하려고 잘못 노력하며, 말 못 하는 방치된 애완견처럼 상대 발치에서 아양을 떤다. 때로 시선을 끌어(오랜만에 기회를 잡아) 가련한 미소를 띠고 꼬리를 흔든다. "그게 다예요?" 다냐고? 당신이 알 수 있으면 좋으련만! 하지만 당신이 어떻게 알겠는가? 당신은 나를 사랑하지 않는다. 무관심한 사람에게 인생을 허비한다면 더더욱 어리석을 뿐이다.

그러나 세상의 도덕률이 탁월하다는 점을 깨닫는다면 기뻐해도 좋다. 우리는 남들을 이해하려고 노력함으로써만 우리 마음을 이해받을 수 있다. 인간 감정과 관련된 문제에서 가장 너그럽게 판단하는 사람이라야 가장 호소력 있게 간청할 수 있다.

3   삶의 양면

목신의 피리

독창적인 시인과 철학자는 우리가 사는 세계를 다양하게 설명하고 노래해 왔다. 철학자들은 세계를 공식과 화학 성분으로 정리했고, 시인들은 하프를 켜며 신의 작품을 고상한 곡조로 노래했다. 경험에서 얻는 바에는 여러 가지가 뒤섞여 있으므로, 선택적인 태도로 많은 것을 제거한 뒤에야 어떤 이론의 자료를 결합할 수 있다. 이슬과 천둥, 파괴적인 아틸라[59]와 봄철의 새끼 양은 아무리 되풀이해도 동화될 수 없는 대조적인 부류다. 우주의 어떤 파란만장한 혹성에서 흘러온 듯이 기괴하고 기이한 가락이 거미집처럼 뒤얽힌 세계에 흐른다. 사물은 조화를 이루지 못하고 이상한 가면을 쓴다. 똥 더미에서 완벽한 꽃이 잉태되어 하늘의 맛 좋은 이슬을 먹고 한동안 자라다가 썩어 문드러져 알아볼 수 없는 흙으로 돌아간다. 개구쟁이들은 시저의 유골로 진흙 반죽을 만들어 얼굴에 덕지덕

---

59 유럽을 침탈하여 게르만족의 대이동을 일으킨 훈족의 마지막 왕. 잔인하고 흉포한 인물로 악명 높다.

지 바르다고 햄릿이 말했다. 글쎄, 온화한 여름날 빛의 근원은, 작은 망원경으로 추적해 보면 우주의 가장 불길한 악몽, 불타는 거대한 태양에서 나온 것으로 드러난다. 태양은 생명에 유해한 지옥의 폭죽이 요동치고 으르렁거리며 폭발하는 세계다. 태양 그 자체만 보면 인간은 자기가 사는 곳을 다분히 혐오하게 된다. 그런 끔찍한 광선이 번쩍거리는 우주에 녹지나 살 만한 곳이 있다고 상상하기는 어렵다. 하지만 로마를 태운 불길도 불꽃 한 점으로 보이게 할 어마어마한 화염 덕분에 우리는 빈둥거리기도 하고 정자에서 가족끼리 다과회를 열기도 한다.

그리스인들은 자연의 신인 목신(판)이 무시무시하게 발을 굴려 군대를 뿔뿔이 흩트리기도 하고 때로는 여름날 정오에 숲가에서 명랑하게 피리를 불어서 고지에 사는 농부들의 마음을 홀리기도 한다고 상상했다. 이런 상상으로 그리스인들은 인간의 경험에 대해 결정적으로 발언한 것이다. 말라 버린 사람에게는 물질과 운동, 탄성 에테르, 안경을 쓴 이런저런 교수의 가설이 의미심장하게 들린다. 그러나 젊은이나 마음이 유연하고 유쾌한 사람에게는 목신이 죽지 않았고, 고전적 신들의 체제에서 홀로 의기양양하게 살아남았다. 염소 발에 즐거운 얼굴과 분개한 얼굴을 한 목신은 초목 세계의 전형이다. 여러분이 적절한 마음을 품고 있다면 어느 숲에서나 목신의 피리 소리를 들을 터다.

이 세계는 덤불투성이지만 그래도 정원이 점점이 박혀 있다. 출렁이는 짭짤한 바닷물이 갈대와 백합 사이에서 흘러나온 맑은 강물과 만나는 비옥한 곳이자 불모의 땅이고, 거친 세계이며 화창하고 추잡하고 잔인한 곳이다. 교미기에 나무들 사이에서 지저귀는 새들은 무엇을 노래하는가? 울창하고 넓은 숲에 떨어지는 빗방울 소리는 무엇을 뜻하는가? 아침에 그물을 잡아당겨 반짝이는 물고기를 배에 수북이 쏟아내며 불어 대는 어부의 휘파람은 어떤 곡조인가? 이 모든 곡조가 목신의 피리에서 나온다. 환희에 찬 가슴으로 노래에 숨결을 불어 넣고 기쁜 마음으로 입술과 손가락을 조절하여 노래를 퍼뜨린 이가 바로 목신이다. 작은 골짜기를 뒤흔들고 높은 바위에 메아리를 울리는 목동들의 거친 웃음소리, 가로등이 켜진 거리나 부드러운 무도회장 바닥을 밟는 발소리, 깜짝 놀라 넓은 초원을 달려가는 말들의 발굽 소리, 급히 흘러가는 강물의 노랫소리, 청명한 하늘 색깔, 미소와 손길의 감촉, 사물의 소리와 매력적인 모습, 자연에서 뿜어져 나오는 청량한 힘, 이런 것이 목신의 즐거운 곡조이고, 지구는 이 곡조에 조화로운 화음을 이루며 나아간다. 이 곡조에 맞춰 어린 양은 작은 북소리에 장단 맞추듯 뛰어다니고, 런던의 여점원은 힘차게 깡충거리며 춤춘다. 그것이 모든 이의 가슴에 즐거운 기분을 불어넣기 때문이다. 모든 피조물은 한가한 때에 흔히 자연의 즐거운 면을 바라보곤 한다. 어떤 이들은 좋은 영향을 받아 노래를 부르고, 기쁨을 얻을 때마다 기쁨을 돌려주며, 사랑스러운 것을 볼 때 사랑스럽게 보이는 아이처럼, 자신의 행복한 기분을 남들에게 퍼뜨린다. 어떤 이는 그 곡조에 맞춰 서투른 발로 뛰어오르다가 다른 이들의 춤을 훼방한다. 어떤 이는 심술궂은 연극 관객처럼 변함없는 표정으로 그 음악을 가슴에 받아들이고, 기뻐하는 주위 사람들 사이로 이방인처럼 걸어간다. 그러나 그는 조심스럽게 표정을 꾸며야 한다. 목신이 황홀한 곡조를 연주하고 온 세상을 노래하게 하면 가슴이 뛰지 않을 사람

삶의 양면

이 없기 때문이다.

아아, 늘 이럴 수만 있다면! 그러나 대기는 종종 달라진
다. 해군을 뒤쫓고 큰 배와 산에 뿌리박힌 삼나무를 뒤엎으며
울부짖는 밤바람, 닥치는 대로 내리치는 무시무시한 번갯불
과 미친 듯이 밀려드는 홍수에서 우리는 생명의 "무시무시한
근원"과 목신의 가슴속 분노를 본다. 대지는 자식들에게 노골
적으로 전쟁을 벌이고, 부드럽게 어루만지는 손길 아래 기만
적인 발톱을 숨긴다. 차가운 물이 우리를 유혹하여 익사시킨
다. 잠자는 시간에 집 안 화로가 타올라 모든 것을 끝장낸다.
사물은 그 자체가 아니라 상황에 따라 좋거나 나쁘고, 유익하
거나 치명적이다. 영국에서 화창한 날씨가 며칠간 이어지는
동안 북해에서는 허리케인이 일어나서 많은 승객이 탄 선박
들이 제물로 희생된다. 온 누리에 울려 퍼진 음악 때문에 연인
들은 자연의 공감을 믿으며 애욕에 빠져들지만 갑자기 곡조
가 단조로 바뀌고 결혼 침상 밑에 매복해 있던 죽음이 손을 내
뻗어 움켜잡는다. 키스에 죽음이 도사리고 있던 것이다. 지극
히 소중한 애정은 치명적이다. 어린애가 엄마의 시신에서 떨
어져 나와 서로를 잡아먹는 이 세계에 들어서는 경우도 허다
하다. 이처럼 기만적인 세계에서, 목신의 개념을 만든 현자들
이 온갖 공포 가운데 목신에 대한 공포가 가장 끔찍하다고 생
각했던 것은 놀랄 일은 아니다. 이 공포는 온갖 공포를 내포하
기 때문이다. 그래서 미칠 듯한(목신의) 공포[60]라는 말이 아직
도 남아 있다. 위험 소지를 너무 낱낱이 따져 보고, 세상의 매
력적인 음악 사이로 흐르는 위협에 너무 열심히 귀를 기울이

---

60   미칠 듯한 공포를 의미하는 단어 panic은 원래 '목신(pan)'의'라는 뜻.

며, 가시를 이유로 장미에 손을 내밀지 않고, 죽음을 이유로 삶에 손을 내밀지 않는 것. 이것이 바로 목신을 두려워하는 바다. 삶의 쾌락과 의무에서 달아나 환희와 고뇌, 오른쪽과 왼쪽을 회피하며 중도적 관습을 꿋꿋이 고수하는 점잖은 시민들이 신화적으로 표현된 자신들의 마음을 알 수 있고 자신들이 자연신의 손을 겁내기 때문에 이를 딱딱 맞부딪치며 자연에서 달아난다는 사실을 깨닫는다면, 얼마나 놀라울 것인가! 목신의 피리가 날카롭게 울리면, 보라! 은행가는 당장 은행 응접실에 몸을 숨긴다! 제 충동을 믿지 않는 것은 목신에게 겁먹은 결과다.

어떤 순간에 마음은 진화론에 만족하지 않고 인간의 모든 경험이 좀 더 혈기왕성하게 제시되기를 바란다. 때로 인생의 우스운 면에 웃음을 터뜨릴 때 그런 기분이 일어난다. 가령 우리가 스스로를 지구에서 떼어 놓고, 사람들이 터벅터벅 걸어가거나 배와 급행열차에 타 있을 때 지구는 내내 반대 방향으로 빙빙 돌기에 사람들이 아무리 서둘러도 뒤쪽이 맨 앞이 되어 우주 공간을 가로지른다는 상상을 할 때처럼 말이다. 때로는 즐거움이나 공포에 의해 그런 기분이 들기도 한다. 적어도 우리가 과학이라는 별명이 붙은 가짜 설명[61]에 의해 불안해지기를 거부하고, 대신 우리가 처한 상황의 고동치는 이미지를 요구할 때가 있다. 우리가 살아가는 고통스럽고 불확실한 환경을 묘사하고 예술로써 이성을 만족시켜 줄 이미지를. 과학

---

61   19세기 후반 과학이 비약적으로 발전하면서 기존의 인식 체계가 흔들렸다. 가령 생물 진화론은 전통적 인간관을 위협했고, 물리학의 제2역학 법칙은 태양열 소멸로 인한 지구 멸망의 가능성을 제기했다.

은 불가사리의 차가운 돌기를 펜으로 삼아 세계에 대해서 쓰는 듯하다. 그 설명은 전부 진실하다. 그러나 그 논의의 대상인 현실과 비교할 때 그 설명은 뭐란 말인가? 그 현실에서 4월이면 심장이 빨리 뛰고, 죽음이 덮치며, 지진으로 산이 흔들리고, 눈앞의 모든 사물은 마법에 걸리고, 귀에 닿는 모든 소음에 전율이 일고, 로맨스가 인간들 사이에 머문다. 그래서 우리는 옛 신화로 돌아가고, 사물의 매혹이자 공포 그 자체인 음악을 지어내는 염소 발을 한 목신이 부는 피리 소리를 듣는다. 어떤 골짜기에 이끌려 다가갈 때, 목신이 우아한 트레몰로 주법으로 우리를 이끌어 간다고 상상하라. 우레처럼 울리는 폭포 소리에 돌연히 겁날 때, 가까운 숲에서 목신이 발굽을 쾅쾅 굴렀다고 생각하라.

남쪽 여행

얄궂은 운명의 장난으로 건강이 악화될 때 우리가 요양하러 가는 곳은 대개 아주 아름답다. 예전에 가 보았거나 지나치며 잠시 보고는 기억에 소중하게 간직해 둔 곳일 때도 있다. 우리는 활기차고 즐거운 감각을 되찾고 흥밋거리를 내려놓았을 때와 똑같은 기분으로 다시 집어들 거라고 상상하며 기뻐한다. 예전에 호기심을 다 채우지 못하고 중단해야 했던 즐거운 소풍도 이제 마무리할 기회가 생긴다. 우리는 잠시 내려다보다가 어지럽게 늘어선 언덕들 사이에서 놓쳐 버린 골짜기를 긴 세월 내내 기억하고 있었는지 모른다. 잠을 이루지 못하는 한밤중이면 돌아보지 못한 길목이나 거의 다 올랐던 산꼭대기를 떠올리며 기분 좋게 애태웠는지도 모른다. 이제는 끝내지 못한 즐거운 일을 다 끝낼 수 있고 회상을 가로막았던 장벽을 넘어설 수 있다고 스스로에게 말한다.

큰 기대감에 희망과 기억이 어우러질 때 쉽게 열중하므로, 병자는 유배 선고를 들었어도 그리 낙심하지 않고 질병을 자기 삶의 가장 불행한 사건으로 여기지도 않는다. 당장 미망에서 깨어나지도 않는다. 부산하고 신속하게 여행을 떠나 소란스럽게 전진하는 이틀간 잠자려고 애쓸 때만 함께 잠잠해지는 마음속 동요가 그를 흥분시키고 그의 둔한 신경을 자극해서 예전처럼 기민하고 민감하게 만든다. 그래서 그는 언덕과 들판, 포도밭과 숲을 바라보며 찬란하게 눈부신 요정의 황금빛 광채에 덮인 가을 풍경의 어렴풋한 장관을 즐길 수 있다. 이는 매서운 겨울바람이 처음 몰아치면 동화에서처럼 시든 낙엽으로 바뀔 것이다. 또한 그는 차창을 통해서 감탄스럽게도 재빨리 눈앞을 스치는 소박한 시골과 시골 풍속을 흘끗 보며 즐길 수 있다. 언뜻 보이는 풍경마다 그 나름의 특징이 있다. 날아가는 제비가 날갯짓하면서 보거나 무지개 여신 이리스가 올림포스 신들의 심부름을 하러 대지를 가로지르며 보는 풍경들이다. 여기저기서 아이들 몇 명이 소리치며 급행열차에 손을 흔든다. 하지만 대체로는 너무 짧고 산발적인 순간이라 큰 주목을 끌지 못한다. 양들은 쉴 새 없이 풀을 뜯는다. 어떤 소녀가 운하용 보트의 돌출한 키 손잡이에 너무나 불안정하게 앉아 있어서 파리가 날아가거나 물고기가 튀어 올라 첨벙거리기만 해도 그 아슬아슬한 균형이 깨질 것만 같다. 그렇지만 수백 톤 석탄과 나무, 철을 실은 배가 그녀의 귓전에 굉음을 울리며 빠르게 지나가는 것을 의식하지 못한 듯이 그녀는 흠칫 놀란 기색이나 전율을 보이지도, 얼굴을 돌리지도 않는다. 기차 여행의 큰 매력이 여기 있다고 나는 생각한다. 기차가 아주 편안한 속도로 우리를 실어 가면서 지나치는 풍경을 거의 방해하지 않으므로 우리 마음은 시골의 평온과 정적에 잠긴다. 달리는 객차에서 몸은 앞으로 나아가지만 생각은 내키는 대로 인적이 드문 정거장에 내려서 마을로 이어지는 포플러 가로수 길을 따라 올라간다. 손으로 햇빛을 가리고 멀리 금빛 속으로 미끄러지듯 멀어져 가는 긴 기차를 바라보는 철도 역무원과 함께 생각은 뒤에 남는다.

더욱이 그 병자에게는 남과 북을 가르는 막연한 선을 넘었음을 의식할 때의 놀라운 경이감과 즐거움이 아직 남아 있다. 그런데 이 순간은 분명치 않다. 때로 어떤 사소한 연상이나 색채, 꽃이나 냄새로 인해 일찌감치 그런 의식이 밀려든다. 때로는 어느 맑은 아침에 덧창 사이로 남녘 햇살이 들어오고 창 밑에서 소란스럽게 들려오는 남부 방언에 잠에서 깰 때에야 그런 의식이 밀려온다. 하지만 그런 의식이 언제 들든 간에, 이 기쁨은 다른 즐거움처럼 기대감으로 끝나 버리지 않는다. 이 기쁨을 느끼면 정신이 번쩍 들고 앞으로 여러 날 눈에 들어오는 모든 것이 새로운 의미를 띤다. 남부라는 단어 자체에도 열정을 끌어내는 무언가가 있다. 이 단어가 들리면 병자는 귀를 쫑긋 세운다. 그는 아름다운 곳을 찾아내고 이 풍경의 변함없는 구도와 특징을 마음에 담아 두려 한다. 마치 이 지역이 전부 제 소유지라는 말을 들었지만 부당하게도 출입할 수 없었다가 이제야 자유롭게 완전히 소유하게 된 듯이. 예전에 이곳에 와 보지 않은 사람들도 와 본 듯이 느낀다. 모두들 풍경을 비교하고 낯익은 것을 찾다가 그런 것을 발견하면 몹시 기뻐하기에, 타지에서 매시간 더 멀리 여행한 것이 아니라 지치도록 떠나 있다가 귀향한 사람같이 느껴진다.

병자는 자신이 선택한 외딴 곳에 도착해서 완전히 정착한다음에야 비로소 자기에게 닥친 변화를 이해하기 시작한다. 주위 환경은 그가 기억했던, 아니 그가 기대했던 바 그대로다. 발아래 펼쳐진 올리브 과수원과 푸른 바다를 그는 내려다본다. 멘토네[62] 뒤쪽으로 드러난 알프스의 변함없이 웅장한 산세는 그 무엇으로도 달라질 수 없다. 리비에라 해안 유역을 따라 이어지는 완만한 만의 윤곽은 그 무엇도, 거친 철로 곡선도 완전히 훼손할 수 없다. 그런데 그는 이 모든 것을 즐거움과 괴리된 차가운 머리로만 받아들인다. 이곳저곳이 아름답다고 머리로 인정하면서도 마음속 깊은 곳에서는 그 아름다움이 자신을 위한 것이 아니라고 고백한다. 낙심한 마음을 자극해 보지만 부질없다. 전망 좋은 곳을 골라 서 보고 눈으로 오롯이 바라보며 베데스다 연못에서 천사가 나타나기를 기다린 병자들처럼 예전에 느꼈던 기쁨이 돌아오기를 기다리지만 헛수고일 뿐이다. 그는 무감각하고 무관심한 관광객을 이끌어 가려는 열성가와 같다. 옆의 누군가는 주위 풍경에 동화되지 못하고 그 특별한 풍광에 걸맞은 고양된 감정을 느끼지 못한다. 그런데 그 사람이 바로 자신인 것이다. 그에게 세계는 마법이 사라진 곳이다. 그는 두텁게 감싼 손으로 사물을 만지고 장막 너머로 사물을 바라보는 것 같다. 그의 삶은 두드려도 소리 나지 않는 피아노 건반을 마비된 손으로 더듬거리는 꼴이다. 이제 무거운 짐으로 지워진 이 무기력하고 냉담한 육신이 종전에 알았던 아주 기민하고 섬세하며 활기찼던 바로 그 몸이라는 사실을 인정할 수 없다.

---

62   프랑스 동남쪽의 국경에 위치한 항구 도시.

그는 온화하고 쾌적한 날씨 탓이라고 생각하려 하고, 고국의 혹독한 겨울 날씨에서는 이 무감각에서 벗어나 활기와 기운을 되찾았으리라고 상상하려 한다. 그럴 때면 눈이 쌓여 반짝이는 고요한 풍경에 대한 갈망에 사로잡힌다. 가차 없이 혹독한 날씨가 그리워지고, 아침마다 창유리에 그려진 서리 무늬와 망설이듯 떨어지는 첫 눈송이, 어둑한 하늘을 배경으로 돋보이는 하얀 지붕이 그리워진다. 하지만 이런 갈망을 만들어 낸 마음은 얄팍하기 그지없다. 온도계가 지중해의 평소 기온보다 조금 떨어지거나 뒤쪽의 눈 덮인 알프스 산에서 바람이 내려오기만 하면 그의 소망은 당장 달라진다. 고국의 음산한 겨울 거리의 울적한 풍경이 되살아나 뇌리를 떠나지 않는다. 문간에 옹송그리며 모여 선 처량한 부랑아들과 얼음처럼 차가운 도로에서 맨발로 움찔거리며 걷는 아이들, 오후 들어 빗물에 젖어 번쩍이는 거리, 젖은 옷이 달라붙어 선명히 드러나는 가난한 사람들의 빈약한 몸, 냉기에 집도 얼어붙은 날에 윙윙 몰아치는 북동풍. 이런 기억과 또 비슷한 기억들이 밀려들어 그가 조금 전에 즐겁게 상상했던 겨울 풍경을 조롱하듯 밀쳐 낸다. 그가 지금 여기 있다는 것은 한없이 기뻐해야 할 일이다. 다른 사람들도 함께 있을 수만 있다면, 그 부랑아들이 햇살을 받으며 잠시 누워 있을 수만 있다면, 그 어린애들이 따뜻한 땅에서 발 한번 녹일 수 있다면, 어디에서나 추위와 헐벗음과 굶주림이 사라질 수만 있다면, 모두들 이 병자처럼 형편이 좋을 수만 있다면!

결국 이 병자의 상황이 순전히 나쁘지만은 않은 셈이다. 그의 무감각한 정신에 무언가 생생하게 파고드는 경우는 극히 드물어도, 뭔가가 파고들 때는 희귀한 만큼이나 예리한 기쁨을 가져다준다. 이처럼 어쩌다 되살아나는 즐거운 활기에는 애처로운 구석이 있다. 한없이 침체된 시간에 그는 그런 활기로 자극받고 일깨워진다. 그 활기는 아주 사소한 데서 솟아날 것이다. 한 친구가 내게 말했듯이 "즐거움의 요정"은 종종 작은 날개를 타고 온다. 우리가 아름다운 자연에서 느끼는 기쁨은 본질적으로 변덕스럽다. 이는 때로 전혀 기대하지 않았을 때 찾아온다. 어쩌다 확신을 품고 기대할 때는, 아름다움의 본거지에 있더라도 기쁨을 전혀 느끼지 못한 채 며칠간 하품만 하게 된다. 어떤 장소를 1000번 넘게 지나다녔어도, 1002번째에야 그곳이 어떤 빛나는 실체로 변모되어 단조로운 주위 풍경에서 두드러진다. 그래서 호숫가 수선화를 바라본 워즈워스처럼 "어린애가 맨 처음 느끼는 기쁨"으로 우리는 그것을 바라본다. 이 기쁨이 건강한 사람에게서도 종잡을 수 없이 사라져 버린다면, 병자에게서는 얼마나 더 쉽게 변하겠는가. 어느 날 그는 처음으로 제비꽃을 찾아내고, 차가운 흙덩어리와 눅눅한 공기와 빗줄기가 어떤 신비로운 작용으로 그토록 풍부한 색깔과 그토록 감동적으로 달콤한 향기로 바뀌는가에 대해 즐거운 경이감에 사로잡힐 것이다. 혹은 조약돌이 깔린 모래톱에서 푸른 바다를 배경으로 돋보이는 세탁부들을 보거나 올리브 과수원의 부드러운 햇살 아래서 꽃 따는 사람들을 본다. 그러면 그 무리의 의미심장하거나 인상적인 무엇, 남부 여자들의 특징적인 흐릿한 옷 색깔과 조화를 이루는 무언가가 뜻밖에 그의 가슴에 와 닿고, 아름다운 경험이 하나 보태져 더 풍요로워졌다고 말할 만한 만족감을 일깨운다. 더 사소한 것일 수도 있다. 풍부히 쏟아지는 햇살이 어쩌다 사라져서인지 널리 비치지 못하다가, 그가 파라솔의 위치를 옮기자 돌과 잡초가 무성한 1~2미터의 차도가 우연히 그늘에서 벗어나 갑자기 환해질 때처럼. 또한 끝없이 무한히 다양하게 펼쳐진 올리브밭도 있다. 쉽게 단정할 수 없는 빛깔이 끊임없이 달라진다. 어떤 때는 녹색이라고 말할 수 있지만 회색이나 또 푸른색일 때도 있다. 어떤 때는 "구름 위의 구름"처럼 나무 위에 올라선 나무가 흐릿하고 불분명한 덩어리를 이룬다. 때로는 망망대해를 이룬 나뭇잎들이 바람 부는 대로 흔들리다 부서지며 순간순간 은백색 뒷면과 그늘을 드러낸다. 하지만 사람은 누구나 세상을 자기 나름의 방식으로 본다. 어떤 사람은 이와 다른 자극에서 즐거운 순간을 경험할 것이다. 그들은 머리에 물건을 지고 가는 여자들의 당당한 걸음걸이를 가장 생생하게 기억할지 모른다. 사탕수수와 훤히 드러난 바위, 햇빛으로부터 열대 지역의 인상을 기억할 수도 있다. 선명하게 두드러진 측백나무, 늘 회오리바람에 휘둘리고 휩쓸리듯 어수선하고 분주한 모양새로 군집한 해송, 순결한 향내를 가득 싣고 백일홍과 향기로운 덤불 너머에서 불어오는 공기, 저녁이면 동쪽 녹황색 대기에서 장엄하고 날카롭게 솟아오르는 자줏빛 언덕이 생생하게 떠오를 수도 있다.

의심할 바 없이 이처럼 강렬한 인식의 순간은 많은 요소의 결합으로 만들어진다. 그 순간의 기쁨은 많은 요소들이 적절히 호응하고 신경이 조화롭게 진동하는 데 달려 있다. 풀밭이나 야생화가 만발한 황야에서 오랫동안 불편하게 몸을 뒤척이다가 우연히 편안한 자세를 취하게 되었을 때, 때마침 햇살이 갑자기 쏟아진 듯 혹은 바로 그 순간에 위대한 예술가가 교묘한 손질로 그림의 구도를 완성한 듯 달라 보이는 풍경을 누가 잊을 수 있을까? 자세 변화뿐 아니라 언뜻 스치는 향기나 갑자기 들려온 새의 노래, 보이지 않는 바다에서 불어온 고동치는 상쾌한 바람, 흘러가는 구름의 옅은 그림자, 몸의 극미한 신경을 따라 작은 전율을 보내는 지극히 사소한 것들, 이 가운데 보잘것없는 것도 어떻든 전반적 효과에 기여하고, 우리가 느끼는 기쁨을 그 나름으로 정제한다.

외적 상황이 이처럼 다양하고 미묘하다면, 우리 몸속 상황은 더더욱 그러하다. 세계는 인간 가슴속에 있기 때문에 어느 인간도 세계를 속속들이 알 수 없다고 솔로몬이 말했다. 그러므로 우리 내면에서 최고의 찬탄 어린 기쁨을 만들어 내는 요인들의 조화로운 화합은 누구도 속속들이 이해할 수 없다. 이런 요인들 중 일부는 우리 몸의 체질에 영원히 숨겨져 있기 때문이다. 우리는 보고 듣고 느낄 수 있는 것을 전부 열거한 후에도, 평소보다 민감해진 병든 신경의 감수성이나, 청각과 시각에 관여하는 귀와 눈처럼, 실로 미적 감각에 관여하는 두뇌의 정교하고 미세한 부분을 고려해야 한다. 우리는 멋진 전망과 위대한 그림에 감탄한다. 하지만 참으로 경탄스러운 것은 우리 내면의 마음이다. 마음은 그 자체의 즐거움을 위해 여기저기 흩어져 있는 세세한 것들을 그러모으고 어떤 색깔이나 주위에 퍼지면서 차츰 변화하는 빛과 어둠으로부터 명료한 전체를 만들어 내고, 그것만을 그림이나 전망이라고 부른다. 해즐릿은 에세이에서 자신이 예술 작품을 찾아 거물들의 집을 전전했던 얘기를 들려주다가 갑자기 그 부유한 귀족들을 두고 의기양양 뽐낸다. 그는 그들의 값비싼 소유물을 그들보다 잘 감상할 수 있고, 그들이 돈을 치렀는데 자신이 기쁨을 얻었기 때문이다. 이는 공정하게 자기만족을 누리는 경우다. 전자는 그림을 사기 위해 노력해 온 반면, 후자는 그림을 누리기 위해 노력해 왔다. 양쪽 다 천부적인 소질을 부지런히 계발했을 것이다. 다만 전자는 스스로를 위해 큰 재산을 모았고, 후자는 스스로를 위해 활기찬 정신을 고양했다. 다시 말해 한 인간이 가장 지혜롭다고 정평난 사람들보다 나은 부분을 선택했고 결국에는 현명하게 삶을 계획했음을 이 사건이 증명한다고 볼 때, 이것은 자기만족을 위한 공정한 기회로 삼을 수 있다. 그렇지만 이것도 티 없이 좋지만은 않다. 두뇌가 이처럼 향상되고 계발되어 즐거움을 향유하는 주요 기관이 되면, 정도가 덜하기는 해도 다른 것을 소유할 때와 마찬가지로 이런 두뇌를 둔 데에는 근심과 실망이 뒤따르기 마련이다. 이런 사람의 행복은 아름다움의 조악한 요소를 고상하게 만들고 조화하는 섬세하고 미묘한 감각에 달려 있다. 그러므로 다른 사람들에게는 그리 불쾌하지 않을 정도의 신경 쇠약이 그의 삶을 온통 뒤엎고, 드문 순간을 제외하고는 쾌감을 무디게 하고, 어디를 가든지 실패와 결핍감, 세상과 인생에 대한 환멸을 맞닥뜨리게 하기에 충분하다.

병자의 생활이 조로(早老)의 노년과 닮은 점은 이처럼 무감각한 정신 때문만이 아니다. 그가 끝내려고 다짐했던 원정은 그의 허약한 몸으로 감당하기에 너무 길거나 힘겹게 보인다. 그 장벽은 여전히 넘어설 수 없다. 저 멀리 곳 위로 하얀 집들이 늘어선 마을과 우묵한 산비탈에 겹겹이 늘어선 아름다운 숲이 매일 손짓하며 그의 상상력을 유혹하지만, 마치 그곳이 갈라진 구름의 협곡인 양 다가가기 어렵다. 놀랍게도 그곳까지의 거리가 점점 더 감당할 수 없어 보인다. 처음 며칠간은 열을 내며 애쓰고 조바심치며 안달하다가 허약한 신체의 제약을 순순히 받아들인다. 불만이 없는 죄수의 감방처럼 한정된 일과도 쾌적해지고 익숙해진다. 활동적 생활의 경기 중반에서 이미 떨어져 나왔듯이 지금은 요양원의 얕은 물에서 순환하는 작은 소용돌이에서 빠져나온다. 그는 일상적 업무를 보러 오가는 시골 사람들과 멋진 파티에 줄지어 몰려가는 외국인들을 바라본다. 그가 비바람이 들이치지 않는 은신처에서 무기력하게 일광욕을 하는 동안 주위에서는 사람들의 부산한 활동이 이어진다. 먼 후손의 운명을 그려 보거나 자신이 하루아침에 심은 참나무의 강건한 고목을 상상해 보는 사람처럼 그는 사심 없는 가장의 관심으로 바라본다.

이처럼 낙오되는 것, 이 고요와 다른 이들의 방기는 무덤의 마지막 고요와 방기에 잘 어울리는 서곡이다. 이렇게 마비된 감각은 죽음의 궁극적 무감각을 서서히 준비해 준다. 피할 수 없는 죽음에 대한 생각은 예전처럼 격렬하거나 거칠지 않게, 돌연한 재앙이라기보다는 극히 미세한 단계적 변화로, 긴 비탈길에서 내딛는 마지막 걸음으로 여겨진다. 우리가 침대에서 뒤척일 때 점점 기운 없이 조금씩 움직이며 더 편안하고 안온한 자세를 취하다가 마침내 한순간 잠에 빠져들면 더 이상 움직이지 않듯이, 그렇게 욕망이 하나둘 떠나가고 나날이 힘이 빠지고 활동 반경이 점점 더 좁아지면서, 그는 자신이 이처럼 부드럽게 삶의 열정에서 떨어져 나와 서서히 죽음의 잠에 빠져든다면 마침내 올 종말도 고요하고 적절하게 다가오리라고 느낀다. 가련한 정신을 다가오는 마지막 적과 화해시킬 수 있는 것이 있다면, 이처럼 부드러워야 한다. 우리를 난폭하게 끌어내지 않고, 더 이상 즐거움을 느끼지 못하는 곳에서 물러나도록 우리를 설득하는 것이다. 실로 더 큰 문제는 다가오는 죽음이 아니라 병자의 일과에서 물러나 완전히 시들어 버리는 삶이다. 그는 자신의 효용을 다했고 즐거움을 더는 누릴 수 없을 정도로 살았다. 회복할 길이 없다면, 다시 젊고 튼튼해지고 열정적이어질 수 없다면, 지금의 현실이 책에서 읽은 것이거나 먼 과거의 기억처럼 여겨진다면, 실로 이것이 진정한 일몰이라면, 그는 눈을 혹사하고 좌절시킬 뿐인 어스름이 지속되기를 그리 바라지 않고, 대신 칠흑 같은 어둠을 꿋꿋하게 기다릴 것이다. 그는 메데이아[63]가 오기를 기도할 것이다. 그녀가 오거든 회춘시키든 살해하든 마음대로 두리라.

하지만 그를 아직 세상에 붙들어 주는 다정한 끈이 많이 있다. 아이들을 바라보는 것은 다른 사람은 몰라도 노인에게 그렇듯 그에게도 의미 있는 일이다. 그가 자비로운 사람이었고 인생을 개인적 쾌락과 출세라는 좁은 구멍이 아니라 더 넓은 시각에서 보아 왔다면, 희한하게도 그의 생각 일부는 죽음이 다가와도 그리 달라지지 않고 회한을 느끼지도 않을 것이다. 들판에서 씨를 뿌리는 사람은 쟁기질 하는 사람의 뒤를 따르고, 떼까마귀는 씨를 뿌리는 사람의 뒤를 따른다는 영어권 속담을 그는 이미 잘 알고 있다. 또한 자신이 살아생전에 고국

---

63 그리스 신화에서 이아손이 황금 양털을 얻도록 도와준 마법사. 이아손이 다른 여자와 결혼하자 그와의 사이에서 나은 아들과 이아손을 죽이고 달아났다.

에 돌아가서 밀밭에 싹이 트고 여물어 마침내 추수한 곡물을 즐겁게 집으로 운반하는 광경을 다시는 볼 수 없으리라는 사실을 안다. 하지만 앞으로의 추수와 지속되는 가뭄이나 때 아닌 장마에 그는 여전히 민감하게 반응한다. 그는 자신과 무관한 사건의 결과를 흥미로이 오랫동안 기다리곤 했고, 자신에게 필요한 일정한 식량에 빵 반 덩어리도 더 늘리거나 줄이지 않는 풍작에 기뻐하고 기근에 슬퍼하곤 했기 때문이다. 그에게 삶의 위안이자 영감이었던, 인류의 나은 미래에 대한 사심 없는 희망은 변함없이 남아 있다. 이 희망은 그의 일신을 위협하는 운명이 미칠 수 없는 곳에 세워져 있다. 그러므로 그가 애써 충실하게 추구해 온 태평성대가 도래하기 5000년 전에 죽든지 5050년 전에 죽든지 별반 차이가 없다. 그는 스스로를 기만하지 않았다. 처음부터 불과 구름의 기둥[64]을 따랐고, 자신은 황야에서 죽을 것이며 정착의 기쁨은 다른 사람들이 누리리라는 사실을 알았다. 그래서 주위 사물이 점점 깊은 어둠에 잠기고 고요해지며 소멸을 향해 나아갈 때 퇴색하지 않은 이 환영이 그의 슬픈 쇠락에 동행하고, 죽음의 문지방을 넘어설 때까지 그를 따르며 다정한 목소리로 희망찬 말을 들려준다. 건강했던 시절에 그를 이끌었던 사랑이나 명예의 욕망은 지금 그를 이끌어 가는 이 너그러운 열망만큼 강하지 않았다. 그래서 삶은 그 자체를 넘어 앞으로 나아가고, 손은 이미 극복할 수 없는 죽음의 얼굴을 더듬을 때라도, 희망의 눈앞에는 아름다운 전망이 펼쳐져 있다.

---

64   이집트에서 탈출한 이스라엘 백성을 광야에서 보호하고 인도한 하나님의 상징.

마지막으로 그는 친구들의 생각 덕분에 삶에 다정하게 묶여 있다. 아니 그에 대한 친구들의 생각, 변함없는 우려와 사랑으로써 삶의 바탕에 엮여 있어서 육신의 소멸로도 풀 수 없다고 할까? 그는 수천 가지 방식으로 계속 살 것이다. 에티엔드 라 보에티[65]는 몽테뉴가 유쾌한 에세이에서 그와 계속 대화를 나누는 내내 많은 부분으로 존속했다. 괴테가 다시 찾아간 곳들이 그를 알지 못했고 자신의 시에서 제시한 전망보다 나은 위안을 찾지 못했을 때 그의 진정한 부분은 이미 죽었으므로 곧 그도 영면을 맞았다. 우리가 진정으로 소중하게 여기며 추구하는 바, 내 것이라고 부를 때 가장 큰 자부심과 기쁨이 느껴지는 바가 무엇인지를 생각해 볼 때, 우리의 죽음에서 진정한 상실의 고통을 느끼는 사람은 때로 우리 자신보다도 친구들인 듯하다. 군주가 자신이 직접 통치하는 제국의 본거지보다 지도에서 보았거나 대리인의 보고를 통해 안 해외 식민지를 더 염려하듯이, 우리는 다른 사람들의 마음속에서 우리가 차지한 어슴푸레한 삶, 요원한 의미에서는 친구들의 생각과 상상에서 우리가 소유한 부분을 우리 정체성의 실제 초점(우리만이 직접 의식하는 자아의 중심 도시)보다 혹은 우리가 전체의 근원이자 본질이라고 (유클리드의 명제를 알듯이) 알고 있는 동맥과 정맥의 끊임없는 노역과 신경절의 미세한 활동보다 염려하지 않는가? 사랑하는 사람이 죽으면 우리의 아름답고 고결한 일부분이 떨어져 나가고 우리는 그 소중한 영역에서 쫓겨난다. 이렇게 궁핍해지는 과정을 오래 겪고 살아남아

65　『자발적 복종』을 쓴 프랑스의 작가이자 판사. 프랑스 정치 철학의 창시자 (1530~1563). 몽테뉴와의 우정으로 유명하다.

삶의 양면

결국 삶과 영향력이 차차 줄어들어 자신의 빈약한 정신에 국한되고 마침내 다가온 죽음에 단번에 파괴될 수 있는 사람은 다복한 자가 아닐 터다.

주

이 에세이에 정직하게 한두 가지 단서를 붙여야겠다. 조금 더 위대한 시대는 이런 주장에 관해 약간 다른 지혜를 가르치기 때문이다.

젊은이는 일반론을 좋아하고, 개별적 의무에서 벗어나려 한다. 그 자신은 나비를 쫓아 오솔길을 달리지만, 인류의 발전이나 정의와 사랑의 왕국의 도래에 예의 바르게 갈채를 보낸다. 나이가 들면서 그는 전반적인 인간 행위에 대해 편협하게 생각하고 개별적인 자기 행위에 대해서는 오만하게 생각하기 시작할 것이다. 자신이 해를 입지 않았더라면 이미 이뤘을 것에 대해 전처럼 엄청난 신뢰를 품지 못한다. 그것이 대수롭지 않았으리라는 사실을 마침내 깨달은 것이다. 하지만 자신의 죽음이 만들 공백에 대해서는 훨씬 더 대단하게 생각한다. 젊은이는 자신이 세상에 불필요한 존재라고 느낀다. 그의 상황은 고통스럽다. 직업이 없고, 명백한 쓸모도 없고, 부모를 제외한 누구와도 유대 관계가 없다. 부모와의 관계를 그는 당연히 무시한다. 젊은이가 느끼는 고통의 이 진정한 원인은 적절히 고려되지 않았다고 나는 생각한다. 계속 살아가는 것만으로도 우리는 그러한 사실이나 감정을 넘어선다. 세상에 쓸모없는 자신의 모습에 익숙해서 무감각해지거나 아니면(다행히도 이런 경우가 대다수인데) 사람들의 관심이나 사랑을 주위에 끌어모으고 일상사에 쓸모 있는 역할을 늘려 감으로써 우리가 존재할 권리에 대한 물음을 더 이상 품을 필요가 없어진다.

그래서 자신이 죽음을 맞고 있다고 생각하는 사람은 대다수 경우 이 에세이에서 젊은이 특유의 관점으로 제시된 위안이 달갑지 않을 터다. 살아 있는 인간으로서 그에게는 도와야 할 사람과 사랑할 사람, 바로잡아 줄 사람이 있다. 처벌할 사람도 있을 수 있다. 이 의무는 인류가 아니라 그 자신에게 지워져 있다. 다른 사람이 아니라 바로 그가 한 여성의 아들이고 다른 여성의 남편이며 또 다른 여성의 아버지다. 아주 작게 시작한 인생이 점점 커져서 이제 수많은 끈으로 다른 사람들의 삶과 연결되었다. 그 의무를 피할 수 없지는 않아서, 다른 사람이 그 대신 의무를 떠맡을 것이다. 그러나 그가 더 나은 사람이고 한층 고결한 목적을 품을수록, 그는 능력의 소멸과 존재의 말소를 더욱 유감스럽게 느낄 터다. 한 세대를 살다 보면 곤혹스러운 생활 조건에 익숙해질 뿐 아니라 수많은 의무를 떠맡게 된다. 순전히 비열한 사람을 제외하고 누구나 그런 나이에 죽는다면 자기 의무를 배신한다는 느낌을 맛본다. 그는 자신에게 결코 오지 않을 미래에 가능한 일을 심사숙고할 뿐 아니라 스스로를 너무 일찍 전투에서 달아난 탈영병으로 간주하면서 진작 할 수 있었을 멋진 일을 상상하며 애태운다. 과거에는 그토록 쓸모가 없었고 이제는 쓸모가 있으리라는 희망을 모두 잃으면서, 바로 이 부분에서 죽음과 추억에 시달린다. 인류가 발전하여 웅대한 도시를 건설하고 영웅적 미덕을 실천하며 꾸준히 승승장구하더라도, 그가 하려던 일이 완수되고 그의 친구들은 위안을 받고 그의 아내는 그보다 나은 사람과 재혼하더라도, 그가 이 세상에서 추구해야 할 유일한 일이었지만 잠깐씩 하다 말아서 이제 헛되이 끝나 버릴 그의 인생에 대한 평가가 조금이라도 달라질 리가 있겠는가?

도보 여행

누군가 주장했듯 도보 여행을 그저 시골을 둘러보는 좋거나 그저 그런 방법으로 생각해서는 안 된다. 풍경을 둘러보는 데 그만한 방법은 많이 있다. 젠체하는 예술 애호가들은 인정 않겠지만 기차에서 바라보는 풍경이 가장 생생하다. 하지만 도보 여행에서 풍경 감상은 부수적인 일이다. 실로 도보 여행을 즐기는 사람은 그림 같은 풍경이 아니라 유쾌한 기분을 찾아서 여행한다. 아침에 희망과 활기에 찬 기분으로 길을 나서고 밤에 쉬면서 평화롭고 정신적으로 충만한 기분을 만끽하고자 한다. 배낭을 짊어질 때가 더 즐거운지, 벗어 놓을 때가 더 즐거운지는 알 수 없다. 출발의 흥분은 도착의 흥분을 기대하게 한다. 걸음을 옮기는 것은 그 자체가 보상일 뿐 아니라 나중의 추가적인 보상도 약속한다. 그래서 기쁨은 기쁨으로 끝없이 이어진다. 사람들은 이를 거의 이해하지 못한다. 그들은 언제나 빈둥거리거나 한 시간 내에 8킬로미터씩 걸으려 한다. 이 두 가지를 견주어 판단해서 덕을 보지 않고, 낮에는 온종일 저녁을 준비하고, 저녁 내내 다음 날을 준비한다. 지나치게 많이 걷는 사람은 특히 도보 여행의 기쁨을 이해하지 못한다. 그 자신은 리큐어를 큰 잔에 따라 벌컥벌컥 들이켤 수 있으므로 작은 리큐어 잔에 따라 마시는 사람들에게 반감을 품는다. 조금 마실 때 더욱 감미롭다는 사실을 이해하지 못하는 것이다. 터무니없이 먼 길을 걸으면 온몸이 혹사하고 마비될 뿐이고, 오감은 얼어붙고 별빛 없는 밤처럼 몽롱한 머리로 한밤중에 여관에 도착하게 된다는 점을 믿지 못한다. 온건한 도보 여행자의 포근하고 빛나는 저녁 시간이 그에게는 존재하지 않는다! 인간으로서 그에게 남은 것은 잠들기 전에 마시는 술을 두 배로 늘리고 싶다는 것과 침대에 눕고 싶다는 신체적 욕구뿐이다. 담배를 피우는 사람이라면 담배 맛도 없고 씁쓸하기만 할 것이다. 행복을 얻기 위해 필요한 노력을 두 배로 들이고도 결국 행복을 놓치는 것이 그런 사람의 운명이다. 간단히 말해서 그는 과유불급이라는 옛말의 표본이다.

도보 여행을 제대로 즐기려면 혼자 떠나야 한다. 떼 지어 가거나 둘이 떠나도 이름만 그렇지 실은 도보 여행이 아니다. 그것은 소풍에 가깝다. 도보 여행은 반드시 자유로워야 하므로 홀로 떠나야 한다. 마음 내키는 대로 멈추거나 계속 갈 수 있고 이 길이나 저 길로 갈 수 있어야 한다. 자기 보폭대로 걸어야지 경보 선수 옆에서 총총걸음 치거나 아가씨와 보조를 맞춰 맵시 내며 걸어서는 안 된다. 또한 마음이 온갖 인상에 열리고 생각이 눈에 보이는 풍경에 물들도록 내버려 두어야 한다. 온갖 바람에 울리는 피리 같아야 한다. "걸음을 옮기면서 말하는 것은 지혜롭게 여겨지지 않는다. 시골에 있을 때는 시골처럼 단조롭게 지내고 싶다."라고 해즐릿은 말한다. 바로 이것이 도보 여행에 대한 모든 진술의 핵심이다. 아침의 사색적 침묵을 바로 곁에서 깨뜨릴 거슬리는 목소리가 없어야 한다. 사람이 논리적으로 생각하고 있으면 야외의 많은 움직임에서 일어나는 잔잔한 도취에 빠질 수 없다. 그 도취는 느긋해진 두뇌의 황홀경으로 시작해서 이해할 수 없는 평온함으로 끝난다.

어떤 여행이든 처음 하루 이틀 중에는 고통스러운 순간이 찾아온다. 여행자는 자기 배낭에 정이 떨어져 산울타리 너머로 힘껏 내던지게 되고, 비슷한 처지의 크리스천[66]처럼 "세 번 껑충 뛰어오르고 노래를 계속 부르고 싶은" 마음도 든다. 하지만 이내 배낭이 편안해진다. 자석처럼 몸에 들러붙은 배낭에 여행의 활기가 스며든다. 배낭의 가죽끈을 어깨에 걸자마자 남아 있던 졸음기가 사라지고, 여러분은 몸을 흔들어 기운을 되찾아 즉시 성큼성큼 발을 내딛기 시작한다. 확실히 길을 나설 때의 기분은 그 어떤 기분보다도 좋다. 물론 여행자가 걱정거리를 떨쳐 내지 못하고 계속 생각한다면, 상인 아부다[67]의 옷장을 열어 마녀와 팔짱을 끼고 걷고자 한다면, 어디에 있든 빨리 걷든 느리게 걷든 행복하지 않을 것이다. 그에게는 그만큼 더 부끄러운 일이다! 같은 시간에 삼십 명이 출발한대도, 그 삼십 명 중 따분해하는 또 다른 얼굴은 없으리라고 장담하겠다. 어느 여름날 아침에 보이지 않는 코트를 걸치고 이 여행자들이 걷는 처음 몇 킬로미터를 한 명씩 뒤따라가 보면 좋을 것이다. 예리한 눈길로 빨리 걷는 사람은 오로지 자기

---

66 존 버니언의 종교적 우의 소설 『천로 역정』에 대한 언급인 듯하다.
67 『지니 이야기』에서 매일 밤 늙은 마녀에게 시달리는 바그다드의 상인. 그 고문을 없앨 방법은 "신을 두려워하고 신의 계명을 지키는 것"임을 깨닫는다.

마음에 집중하고 있다. 그는 풍경을 묘사하려고 베틀에서 계속 말을 자아낸다. 다른 사람은 걸어가다가 풀밭 한가운데서 주위를 돌아보고 수로 옆에 멈춰 서서 잠자리를 바라보며 목장 문에 기대어 무심한 암소를 한없이 응시한다. 그런데 여기 또 다른 사람이 혼자 말하고 웃고 몸짓하며 다가온다. 눈에서 분노가 번뜩이고 화가 치밀어 이마가 어두워지며 그의 얼굴은 시시각각 변한다. 걸어가면서 그는 논문을 쓰고 연설을 하고 열의를 다해 회견한다. 조금 더 가면 노래를 부르기 시작할 것이다. 성악의 대가가 아니라고 가정할 때 그가 어느 모퉁이에서 둔감한 농부와 우연히 마주치지 않으면 다행이다. 마주친다면 어느 쪽이 더 난처할지, 음유 시인의 당혹감이 더 참기 어려울지 시골뜨기의 꾸밈없는 경악감이 더 고약할지 알 수 없다. 더욱이 토박이들은 평범한 방랑자의 기이하리만치 무표정한 얼굴에 익숙하므로 이 행인들의 쾌활한 기색을 어찌 봐도 이해할 수 없다. 내가 아는 한 남자는 붉은 수염이 난 어른인데도 어린애처럼 깡충깡충 뛰어다니다가, 도주한 정신병자로 몰려 체포되었다. 도보 여행을 하다가 노래를 불렀고(그것도 형편없이 불렀는데) 위에서 묘사한 대로 모퉁이를 돌다가 운 나쁜 농부와 부딪혔을 때 귀까지 시뻘게졌다고 내게 고백한 진지한 학자들의 얘기는 믿기 어려울 것이다. 내 말이 과장이라고 여러분이 생각하지 않도록 해즐릿이 그의 에세이 『여행을 떠나는 것에 관하여』에서 직접 고백한 말을 인용하겠다. 읽지 않은 사람에게는 벌금을 물리고 싶을 정도로 훌륭한 에세이다.

머리 위에는 맑고 푸른 하늘이, 발밑에는 초록 풀밭이 펼쳐져 있고, 앞에 구불구불한 길이 이어지는 데로, 저녁 식사를 하기 전에 세 시간을 걷고, 그런 다음에 생각에 잠길 수 있다니! 이 외로운 황야에서는 장난을 치지 않을 수 없다. 나는 큰 소리로 웃고, 달리고 팔짝팔짝 뛰며, 기쁨에 넘쳐 노래한다.

브라보! 내 친구는 경찰에게 체포되는 희한한 불상사를 겪었으므로, 여러분이라면 그런 경험을 1인칭으로 발표하고 싶지 않을 것이다. 그렇지 않을까? 요즘 우리는 용기가 없어서 책을 쓸 때도 이웃들처럼 둔하고 어리석은 체한다. 해즐릿은 그러지 않았다. 도보 여행에 관한 그의 의견이 (실로 에세이 전체에서 드러나듯이) 얼마나 박식한지를 주목하라. 그는 자주색 양말을 신고 하루에 80킬로미터를 걷는 운동가가 아니다. 그가 이상적으로 여기는 것은 세 시간의 행군이다. 그리고 길은 구불구불해야 한다. 그 심미주의자에게는!

하지만 그의 말 중에 내가 반대하는 한 가지가 있다. 위대한 대가의 한 가지 습관만큼은 전적으로 현명해 보이지 않는다. 나는 뛰어오르거나 달리는 데 찬성하지 않는다. 이 두 가지는 숨을 가쁘게 하고, 야외에서 기분 좋게 이완된 상태의 두뇌를 흔들고, 일정한 속도를 흐트러트린다. 고르지 못한 걸음은 신체에 그리 유익하지 않고, 마음을 산만하고 초조하게 한다. 반면에 일단 걸음을 일정하게 옮기게 되면, 이를 유지하려고 의식적으로 생각할 필요가 없으면서도 다른 심각한 생각을 막아 준다. 뜨개질이나 글자를 베껴 쓰는 일처럼 마음의 진지한 활동을 차차 차분하게 하고 잠재운다. 우리는 어린애가 생각하듯이 혹은 아침 잠결에 생각하듯이 경쾌하게 웃으며 이런저런 생각을 할 수 있다. 동음이의어로 말장난을 하거나 각 행의 머리글자로 만든 단어를 알아맞히고, 단어와 운을 수천 가지 방식으로 조합하는 놀이를 할 수 있다. 하지만 우리가 유익한 일을 하려고 노력을 바칠 때, 마음을 추슬러 노력할 때는 나팔을 마음껏 크고 길게 불 것이다. 위대한 마음을 지닌 귀족들은 군기(軍旗)에 집결하지 않고, 각자 집에 앉아 난롯불에 손을 녹이며 자신의 내밀한 생각에 잠길 것이다.

하루 종일 걷는 동안 기분은 많은 변화를 겪는다. 들뜬 기분으로 출발할 때부터 행복하고 차분한 기분으로 도착할 때까지 확실히 많이 달라진다. 하루가 가는 동안 여행자는 한 극단에서 다른 극단으로 나아간다. 점점 더 자연 풍경에 녹아들고 야외의 취기에 흠뻑 젖어들다가 마침내 길을 재촉하고 주위 사물을 유쾌한 꿈속에서처럼 바라본다. 처음에는 더 명랑하지만 나중에는 더 평온해진다. 하루를 마감할 때쯤이면 그는 글을 구상하지도 않고 크게 소리 내어 웃지도 않는다. 넓적다리 아래 근육이 조이는 매순간의 순전히 동물적인 쾌감과 육신의 건강함, 숨을 들이쉴 때마다 느끼는 즐거움이 타인의 부재에 대한 위안을 주고 만족스러운 기분으로 목적지에 이르게 한다.

노상의 휴식에 대해서도 잊지 않고 한마디 해야겠다. 언덕 위 이정표에 이르거나 깊은 숲속의 교차로에 이르면 여러분은 배낭을 내려놓고 그늘에 앉아 담배를 피운다. 자기 속에 침잠한 여러분의 얼굴을 새들이 날아와서 바라본다. 둥글고 푸른 하늘 아래 담배 연기가 오후의 공기 속에 흩어지고, 햇살이 따뜻하게 발을 내리쬐고, 선선한 바람이 목덜미를 스치며 벌어진 셔츠를 한쪽으로 쓸어 간다. 이런 순간에 행복하지 않은 사람이 있다면, 양심이 편치 않기 때문이리라. 여러분은 길가에서 실컷 빈둥거려도 좋다. 우리가 괘종시계나 손목시계를 지붕 너머로 내던지고 시간과 계절을 더는 기억하지 않는다면 천년 왕국이 도래한 거나 마찬가지다. 평생 시간에 얽매이지 않는다면 영원히 사는 것이라는 뜻이다. 시장기를 느껴야만 시간의 흐름을 깨닫고 졸음기를 느껴야만 하루를 마감하는 여름날이 얼마나 길고 긴지 시도해 보지 않고는 알 수 없다. 내가 아는 어떤 마을에는 시계가 거의 없는데, 사람들은 일요일 축제를 본능적으로 느끼는 것 말고는 요일을 의식하지 못한다. 날짜를 아는 사람이 딱 한 명이었으며 대다수는 잘못 알고 있었다. 그 마을에서 시간이 얼마나 천천히 흐르는지, 더구나 그 현명한 주민들이 여가를 얼마나 풍부히 누리는지를 안다면, 괘종시계들이 내기하듯이 허둥대며 점점 더 빨리 울려 대는 런던이나 리버풀, 파리 같은 대도시에서 수많은 군중이 놀라 달아나리라고 믿는다. 이 어리석은 방랑자들은 회중시계 주머니에 제 불행을 담아 가져올 터다! 많은 장점이 있었다고 일컬어지는 대홍수 이전 시절에는 괘종시계나 손목시계가 없었다는 사실을 주목해야 한다. 자연히 시간 약속도 없었고, 시간 엄수는 생각조차 할 수 없던 시절이었다. "탐욕스러운 사람에게서 보물을 모두 빼앗더라도, 아직 한 가지는 남아 있다. 그의 탐욕은 빼앗을 수 없다."라고 밀턴이 말했다. 그러므로 현대의 사업가에게 에덴동산에 살게 하든 불로장생의 약을 주든 무엇을 해 주든 간에, 그의 마음에 아직 한 가지 결함이 남아 있다고 말할 수 있다. 그의 사업 습성은 여전히 남는다. 그런데 사업 습성은 그 어느 때보다도 도보 여행을 할 때 약화된다. 그래서 이렇게 멈춰 있는 동안에 거의 자유롭다고 느낄 것이다.

그러나 밤이 되고 저녁 식사를 마친 후에 가장 좋은 시간이 찾아든다. 하루 종일 걷고 난 후에 피우는 파이프 담배는 그 무엇과도 비교할 수 없다. 반드시 기억해 두어야 할 그 맛은 매우 쓰고 향기로우며, 아주 강하면서도 오묘하다. 그로그를 마시며 밤 시간을 마무리한다면, 그처럼 맛있는 그로그는 없었노라고 고백하게 된다. 한 모금 마실 때마다 쾌적한 평온이 온몸에 퍼지고 심장에 편안히 머문다. 책을 읽는다면(읽다 말다 하겠지만) 언어가 희한하게 생기를 띠고 조화를 이룬 듯이 여겨질 것이다. 단어가 새로운 의미를 띠고, 한 문장이 삼십 분간 귀를 사로잡고, 각 페이지에서 섬세하게 일치하는 감정이 작가에 대한 애정을 불러일으킨다. 마치 꿈속에서 여러분이 그 책을 직접 쓴 것 같다. 이렇게 읽은 책을 우리는 특별한 애정을 품고 돌아본다. 해즐릿은 다감하게 정확성을 기해 말했다. "1798년 4월 10일에 나는 랑골렌의 여인숙에서 셰리 한 병과 찬 닭고기를 앞에 놓고 앉아 새로 나온 엘로이즈 서한집을 읽었다." 나는 그의 말을 더 인용하고 싶다. 현대인은 꽤 괜찮기는 하지만 해즐릿처럼 글을 잘 쓰지는 못하기 때문이다. 이와 관련해서 말인데, 해즐릿의 산문집이야말로 도보 여행을 할 때 호주머니에 넣어 갈 가장 좋은 책이다. 하이네의 시집도 이상적이고 『트리스트럼 섄디』 역시 아주 좋은 경험이 되리라고 약속할 수 있다.

맑고 따뜻한 저녁이라면 석양빛을 받으며 여관 문 앞에서 어슬렁거리거나 다리 난간에 기대어 잡초와 민첩한 물고기를 바라보는 것처럼 좋은 일도 없다. 그때라야 여러분은 흥취라는 호기로운 단어의 의미를 속속들이 맛볼 수 있다. 기분 좋게 근육이 이완된 상태로 아주 깨끗하고 튼튼하며 한가로운 기분이라서, 움직이든 가만히 앉아 있든, 무엇이든 왕자처럼 당당한 기쁨과 자부심을 느끼며 하게 된다. 여러분은 현명하든 어리석든 술에 취했든 말짱하든 어떤 사람과도 이야기를 나눈다. 도보 여행으로 달아오른 열이 무엇보다도 편협함과 자만심을 말끔히 몰아내어, 어린애나 과학자처럼 호기심이 자유롭게 발휘되도록 만들어 준 듯하다. 여러분은 자기 취미를 제쳐 두고, 우스운 소극이나 진지하고 아름다운 옛날이야기에서 펼쳐지는 시골의 해학을 바라본다.

어쩌면 여러분은 저녁 시간을 홀로 보내고 궂은 날씨에 난롯가를 벗어나지 못할 수도 있다. 과거의 기쁜 일을 헤아리며 "행복한 생각"에 잠긴 시간에 대해 길게 논했던 번스[68]를 기억할 것이다. 사방에서 울리는 시계와 차임벨 소리에 얽매이고 밤에는 활활 타오르는 듯한 시계 숫자판에 시달릴 가엾은 현대인은 그 말에 어리둥절할 터다. 우리는 너무 바쁘고, 실현해야 할 먼 장래의 계획이 너무 많고, 상상의 성에 착수하여 자갈땅 위에 견고하고 살 만한 저택을 세워야 하므로, 생각의 땅과 허영의 언덕으로 유람을 떠날 시간이 없다. 깍지를 끼고 밤새 난로 앞에 앉아 있으면 실로 시간이 달라진다. 그 시간을 보내며 아무 불만 없이 생각에 잠겨 행복할 수 있음을 깨달을 때 우리의 세계가 달라진다. 우리는 조롱하듯 침묵하는 영원 속에서 일순간 우리 목소리를 들리게 하려고 너무 서둘러 뭔가를 하거나 뭔가를 쓰거나 준비를 갖추려 하므로, 일부분에 불과한 이런 일들이 모여 이루는 한 가지, 즉 삶을 잊고 만다. 우리는 사랑에 빠지고, 말술을 마시고, 겁에 질린 양처

---

68 아마도 스코틀랜드의 농부 시인 로버트 번스(1759~1796).

럼 허둥대며 이리저리 달린다. 모든 것이 끝날 때 이제 여러분
은 집 안 난롯가에 앉아 생각에 잠겨 행복했더라면 좋지 않았
을지 스스로에게 물어야 한다. 가만히 앉아 사색하고, 욕망 없
이 여자들의 얼굴을 기억하고, 질투심 없이 즐겁게 다른 남자
들의 위대한 행위를 떠올리며, 공감 속에서 모든 것이 되어 보
고 어디에든 가 보지만 자신이 있는 곳과 자기 존재에 만족하
는 것, 이것이 지혜와 미덕을 알고 행복 안에 머무는 방법 아
닐까? 결국 행군의 즐거움을 맛보는 자는 깃발을 들고 가는
사람이 아니라 자기 방에서 그 풍경을 바라보는 사람이다. 일
단 여러분이 그런 상태에 잠기면, 사회적 이설(異說)을 제기하
고 싶어진다. 그때는 교묘히 얼버무리거나 공허한 허풍을 떨
시간이 아니다. 명예나 부, 학식이 자신에게 무슨 의미가 있는
지를 스스로에게 묻지만 그 답을 찾기 쉽지 않다. 그러면 여러
분은 가벼운 상상력의 왕국으로 돌아간다. 이는 땀 흘리며 재
산을 추구하는 속물의 눈에는 무익하게 보이지만, 세계의 불
균형에 괴로워하고 거대한 항성에 직면해서 (가령 담배 파이프
나 로마 제국, 수백만 파운드의 돈이나 바이올린 활 끝처럼) 지극히
작은 두 점의 간격을 쪼개는 데 관심이 없는 사람에게는 극히
중대하게 보인다.

　창문에 기대 선 여러분의 마지막 담배 연기가 어둠 속으
로 뿌옇게 흘러들고, 몸이 감미롭게 욱신거리는 가운데 마음
은 일곱 번째 만족의 궤도[69]에 올라 왕좌에 앉는다. 그때 갑
자기 기분이 변하고 풍향계가 돌아가면 여러분은 스스로에게
다시금 질문을 던진다. 그동안 자신이 더없이 현명한 철학자

69　단테의 『신곡』에 나오는 "일곱 번째 지옥(seventh circle of hades)"의 인용.

였는지 지독한 얼뜨기였는지? 인간 경험으로는 아직 대답할
수 없다. 하지만 적어도 여러분은 멋진 순간을 누렸고, 지상의
모든 왕국을 내려다보았다. 그리고 현명했든 어리석었든 간
에, 내일의 여행은 여러분의 몸과 마음을 무한한 시공의 또 다
른 마을로 데려갈 것이다.

4   일상의 단면

영국 제독

인간이 그런 행동을 하는 것이 현명한 일이든 아니든 간에 국가에서 그런 행동에 경의를 표하는 것은 현명한 일이라고 믿는다. ── 윌리엄 템플 경[70]

영국과 비교해서 늘 부러워했던 로마 전쟁의 한 가지 일화가 있다. 게르마니쿠스가 로마 군단 선두에 서서 위험한 강가로 내려가고 있었고 건너편 강둑 숲에는 게르만인이 득실거렸다. 그때 큰 독수리 일곱 마리가 행군하는 로마인들을 인도하려는 듯 갑자기 날아왔다. 새들은 멈추거나 망설이지 않고 적들이 숨어 있는 숲속으로 날아갔다. 게르마니쿠스가 멋진 수사적 영감을 받아 소리쳤다. "전진! 전진! 로마의 새를 따르라." 이런 구호에 가슴이 뛰지 않는다면 몹시 둔감한 사람일 테고, 승리를 계속 의심한다면 아주 소심한 사람일 터다. 독수리를 고국의 새로 취급한 것은 자연의 힘을 상상의 협력자로

---

70   영국 정치가이자 에세이 작가(1628~1699).

만든 일이다. 로마 제국과 그 군대의 운명 또한 지금 독일에서 강을 건너는 각개 로마 군단의 전망은 전적으로 더 위대하고 낙관적으로 보였다. 이런 환상은 쉽게 만들어 낼 수 있다. 특이하게 생긴 구름이나 특별한 별의 등장, 특정한 성인의 축일, 간단히 말해 애국적 전설이나 옛 승리의 군인을 연상시키는 것이라면 무엇이든 기울어진 전세를 충분히 뒤집을 수 있다. 정의와 더 큰 권리가 자기들과 함께한다는 느낌을 한쪽에 주기 때문이다.

영국인이 그런 감정을 느끼고 싶다면, 그 감정은 바다와 연관되어야 한다. 사자는 영국인에게 아무 의미도 없다. 영국인은 사자를 좋아한 적이 없고 영국의 상징으로 도입한 적도 없다. 우리는 사자를 보면 프랑스인이나 몰다브의 유대인처럼 무섭게 초조해질 것을 잘 알고, 포연이 자욱한 전쟁터에서 사자를 앞세우지 않는다. 그러나 바다는 우리의 진입로이자 보루다. 우리가 가장 큰 승리를 거두고 위험을 겪은 곳이다. 서정시에서 우리는 바다를 우리 것으로 주장하곤 했다. 칼레와 도버 사이의 바다에서 외국인이 항복한 사건들은 영국인의 선입관을 늘 만족시켜 주었다. 배가 움직이기 전에는 고물[71]과 이물[72]도 모르던 베드포드셔 사람이 천부적인 항해 감각이 있는 사람들 사이에서 거들먹거린다. 여러분이 블레이크와 강력한 넬슨의 동향인이기 때문에 바다에 대한 천부적 재능을 지녔다는 생각은 스코틀랜드 혈통이라서 킬트가 잘

---

71   배의 뒷부분.

72   배의 앞부분.

어울릴 거라는 기대만큼이나 온당치 못하다. 그러나 그런 감정은 실제로 존재하고, 왈가왈부할 수 없는 곳에 자리 잡았다. 우리는 조상의 오만에 공감하지 않으면 혈통에 값하지 못한다고 생각하고, 바다가 우리 것이라는 주장에 기뻐해야 한다. 다른 나라의 대포나 총안이 있는 흉벽에서 내려다보이는 바다라도 그곳을 항해하던 조상의 뼈가 최후의 심판을 알리는 나팔 소리가 울릴 때까지 쉴 일종의 영국 묘지로 간주하게 된다. 어떤 나라도 그토록 많은 배를 잃거나 그 숱한 용맹한 사람을 물속에 가라앉힌 적이 없는 것이다.

우리가 치른 몇몇 해전의 고귀하고 무시무시하며 멋진 상황은 영웅적 행위의 배경으로서 어디에도 비길 수 없다. 폭풍우 속에서 벌어진 호크[73]의 전투와 프랑스 제독 함선이 폭파된 순간의 아부키르 전투는 상상력을 압도하는 극치에 이른다. 해군 기록이 흥미로운 까닭은 멋지고 아름답게 보이는 옛 전함들과 모험담 덕분이다. 해안에서 휴가를 보내는 영국 소년들의 눈에 바다와 항해에 관련된 모든 것은 낭만적인 모험에 감싸여 있다. 아니 우리가 아는 고통스러운 선상 생활은 배 위에서 일어나는 용감한 행위와 대조됨으로써 용감성을 드높인다. 우리는 용감하고 정직한 선원들이 터무니없이 지독한 상황에서 용케 살아남았고 용기와 정직성을 잃지 않았다는 사실을 확인하고 싶어 한다. 어떤 독자도 『로더릭 랜덤』[74]의 선더호 묘사를 잊지 못할 것이다. 포악한 횡포, 잔인

---

73 다양한 영국 해군 군함의 이름.

74 토비아스 스몰릿의 피카레스크 소설(1784).

하고 비열한 고급 선원과 일반 선원, 제각기 혐오스러운 인물이 행패를 부리는 갑판들. 35센티미터 공간을 차지한 해먹이 다닥다닥 붙어 있는 병실. "참을 수 없는 악취 속에서" 안경 쓴 승무원이 갖가지 엉망인 상황을 기록하는 수중 조종실. 모건이 플립[75]을 만들고 잡탕 요리를 하고 담배를 피우고 웨일스 노래를 부르고 기이한 웨일스 저주를 퍼붓는, 0.6제곱미터의 범포로 둘러싸인 부엌. 선더호의 갑판에서 일어나는 이런 상황들을 독자는 말라리아가 빈번한 나라의 여행객처럼 서둘러 지나간다. "감옥에 들어갈 재간만 있어도 선원이 되지는 않는다."라는 존슨 박사의 말은 쉽게 이해된다. 그처럼 어둡고 고약한 악취가 진동하고 불의가 판치는 곳에서는 활기가 사라진다. 특히 자유로운 의사에 따라 간 것이 아니라 강제 징모대의 단도와 곤봉의 위협에 굴복해서 갔을 때는 더욱 그러하리라. 그러나 매서운 바닷바람을 맞으며 갑판에서 보초를 서다 보면 다시 혈기가 살아날지 모른다. 전투는 틀림없이 획기적인 기분 전환이 되었을 것이다. 그리고 피투성이가 되면서 벌어 흥청망청 써 버린 포획 상금은 눈 깜박할 사이에 감옥 문을 연다. 어찌 된 일인지, 몹시 지독한 생활에도 선원들의 기백과 활기만은 질식되지 않았다. 그들은 자신들을 잔인하게 억압한 나라의 운명에 관심이 지대한 듯이 의무를 다했다. 싸워야 할 때가 되면 쾌활하게 총을 들었고, 세상의 어떤 집단보다도 기꺼이 과감하고 명예로운 감정에 귀 기울였다.

고귀한 운명을 타고난 사람들에게는 대부분 거창한 이름

75 맥주나 브랜디에 달걀·향료·설탕 등을 넣고 데운 음료.

이 주어진다. 핌[76]과 하박국[77]은 그럭저럭 괜찮은 이름이지만 크롬웰과 이사야 같은 이름과 맞서려고 해서는 안 된다. 더 적절한 예는 영국 제독의 이름에서 찾을 수 있다. 드레이크(수오리)와 루크(떼까마귀), 호크(매) 같은 이름은 사형 집행인에게 적합하다. 프로비셔, 로드니, 보스커웬, 파울웨더, 잭 바이런은 해군 역사의 한 장에서 눈길을 끌기에 좋은 이름이다. 클라우즈슬레이 셔블은 예스럽고 낭랑한 음절이 길게 울린다. 벤보[78]에는 본인 성격에 걸맞은 불도그의 특성이 있고, 솔직성과 끈기, 용기에 있어서 그의 진정한 동료였던 영국 궁수들을 환기한다. 롤리[79]는 기백 있고 군인답고 과감한 지휘 행위를 암시한다. 블레이크나 넬슨의 이름은 판단할 수 없고, 현재 사용되는 어떤 이름도 그런 영웅에 어울리지 않는다. 그래도 넬슨이 자신의 시칠리아 작위[80]를 무척 좋아했다는 것은 꽤 묘하고 이와 관련해서 대단히 적절하다. "아마도 그 의미가 마음에 들었을 것이다."라고 사우디[81]는 말한다. "'선더호 공작'은 다호메이[82]에서 강력한 이름이었을 것이다. 이는 선원 취향에 맞았고, 확실히 그보다 잘 어울릴 사람은 없었다." 제독

---

76   영국의 정치가 존 핌(1584~1643).

77   기원전 7세기의 히브리 예언자.

78   존 벤보(1653~1702). 영국 해군 제독.

79   영국의 정치가이자 탐험가.

80   넬슨은 나폴리 혁명을 진압하고 왕권을 되찾도록 도와준 공로로 페르디난트 3세에게서 브론테 공작 작위를 받았다. 시칠리아의 마을인 브론테의 이름은 그리스 신화에서 신들에게 무기를 제작해 준 거인의 이름에서 유래했고 그 의미는 뇌신(雷神)이다.

81   로버트 사우디(1774~1843). 영국의 계관 시인이자 전기 작가.

82   현재 아프리카 서부의 베냉 공화국.

은 그 자체로서 가장 만족스럽고 명예로운 직책 중 하나다. 그 명칭은 고귀하게 들리고, 매우 자랑스러운 역사를 품고 있다. 콜럼버스는 그 칭호를 무척 중요시했기에 자기 가문이 이어지는 한, 후손들이 그 칭호로 서명하기를 요구했다.

하지만 내가 여기서 말하고 싶은 것은 선원의 이름이 아니라 그들의 기백이다. 그 기백은 진정 영국적이다. 테니슨의 방적공이나 다시 톰슨[83]의 "얼빠진 부랑자"가 아니라 바로 그들이 진정한 영국인의 전형이다. 이 나라에 부랑자가 더 많을지 모르지만, 인간을 숫자로 헤아리는 곳은 정치 조직뿐이다. 그리고 제독은 말 그대로 모범적이다. 그들은 실로 미덕의 멋진 본보기다. 대다수 영국인은 그 미덕을 어느 정도 지닌다고 볼 수 있다. 그래서 우리가 그들의 삶에 경탄하는 것은 우리 자신을 숭배하는 것과 같다. 박애주의자와 특히 심미적 환경 탓에 청춘의 활력이 억제된 소수를 제외하면, 우리나라 사람들 대다수는 제독이나 프로 권투 선수를 이해하고 그들에게 공감할 수 있다. 나는 벤보와 톰 크립[84]을 같은 범주에 넣고 싶지 않지만, 맥줏집에 들락거리는 많은 이들은 실로 그 두 사람에게 똑같이 경탄을 보낸다. 그들에게 게르마니쿠스와 독수리 혹은 카르타고로 돌아가는 레굴루스 얘기를 해 주면 끄덕끄덕 졸겠지만, 해리 피어스와 젬 벨처 혹은 넬슨과 나일 강에 대해 말하면 파이프를 내려놓고 귀 기울일 터다. 내가 갖고 있는 『복시아나』[85] 표지 뒷면에 어떤 젊은 권투 애호가가 주

---

83 스코틀랜드의 유명한 수학자이자 생물학자, 고전학자인 다시 톰슨의 아버지이고 고전학 교수였던 다시 톰슨 시니어에 대한 언급인 듯.

84 영국 19세기의 권투 선수로서 세계 챔피언이 되었다.

85 권투 시합에 대한 기사를 모은 책. 1813년부터 1829년까지 시리즈로 출판되었다.

목할 만한 시합과 위대한 선수들의 사망 일자를 기록해 놓았다. 여기에 경마 기수와 요트 선수, 프로 복서들의 사망 정보가 경건하게 적혀 있다. 리버풀 프로 권투계의 조니 무어, 쉰여섯 살의 톰 스프링, "『복시아나』와 다른 스포츠 잡지의 작가 피어스 이건 시니어"가 있고 그 가운데 웰링턴 공작도 들어 있다! 벤보가 이 연대기 작가의 시절에 살아 있었다면, 그의 이름도 이 영광스러운 명단에 포함되지 않았을까? 간단히 말해 우리 모두가 웨슬리나 로드에게 열광하거나 『실낙원』을 즐겨 읽지는 않지만, 온 국민이 연대감을 느끼게 하는 어떤 공통된 감정과 자연스러운 본성이 있다. 얼마 전에 해즐릿과 존 윌슨부터 『복시아나』의 표지 뒷면에 이름을 휘갈겨 적은 어리석은 사람에 이르기까지 모두들 프로 권투 선수들의 공적에 다소 겸연쩍은 만족감을 느꼈다. 이와 마찬가지로 제독들의 공적은 인기가 있고 모든 사회 계층에 영향을 미친다. 그들의 말과 행동은 나팔 소리처럼 영국인의 피를 휘젓는다. 인도 제국과 런던 상무성 그리고 우리의 위대함을 드러내는 상징이 모두 사라지더라도, 영국 제독들의 말과 행위를 통해 우리의 항구적인 기념비가 후세에 남을 터다.

던컨[86]은 텍셀 섬에서 약간 떨어진 곳에 기함 베너러블호와 다른 배 한 척을 정박한 상태에서 네덜란드의 전 함대가 출범한다는 소식을 들었다. 그는 호섬 선장에게 그 해협의 가장 좁은 곳에서 자기 옆에 정박하고 배가 침몰할 때까지 싸우

---

[86] 애덤 던컨(1731~1804). 1797년 캠퍼다운에서 네덜란드 함대를 물리친 스코틀랜드 출신의 제독. 이 승리는 영국 해군 역사상 가장 중요한 전투 중 하나로 간주된다.

라고 말했다. "내가 바닷물 깊이를 재 보았는데, 베너러블호가 가라앉을 때 내 깃발은 여전히 나부낄 걸세."라고 그는 덧붙였다. 알다시피 그는 선사 시대의 벌거숭이 해적이 아니라, 피상적인 고전 지식과 망원경을 갖추고 챙이 젖혀진 큰 모자를 쓰고 플란넬 속옷을 입은 스코틀랜드 국회 의원이었다. 이와 똑같은 기백으로 넬슨은 함기 여섯 개를 휘날리며 아부키르에 입항했다. 함기 다섯 개가 포에 맞아 사라지더라도 자신이 총에 맞았다고 여겨지지 않도록 하기 위해서였다. 또한 그는 저격병의 표적이 되도록 제독 군복에 별 네 개를 달라고 주장했다. 그는 자기 뜻에 반대하는 사람들에게 "나는 명예롭게 이 별을 얻었소."라면서 숭고하고도 터무니없이 덧붙였다. "그러니 명예롭게 이 별과 함께 죽겠소." 로열오크호의 더글러스 선장은 네덜란드 해군이 템스 강에서 그의 배를 불사르자 선원들을 상륙시켰지만 자신은 명령을 받지 못한 채 배를 버리기보다는 배와 함께 산화하는 쪽을 택했다. 바로 그 시각에 연회를 좋아한 군주 찰스 2세는 궁녀들과 함께 저녁 식탁 주위에서 나방을 쫓고 있었을 것이다. 랠리[87]는 카디스 항구에 들어섰을 때 모든 요새와 배에서 즉시 공격을 개시하자 총포로 반격하기를 경멸하고 모욕하듯 나팔을 크게 불어 대는 것으로 응수했다. 나는 승리를 위한 최고의 현명한 작전보다 이런 기백이 마음에 든다. 그런 기백은 진심에서 우러나와 마음을 파고든다. 신은 월터 랠리보다 고귀한 영웅들을 만들었지만 그보다 멋진 신사는 만들지 못했다. 우리의 제독들은

---

87   월터 랠리 경. 1596년 영국이 네덜란드와 합세하여 스페인과 벌인 전투 중 스페인 도시 카디스를 함락한 지휘관 중 한 명.

영웅적 맹신에 가득 차서 자만심을 세워 거들먹거리며 전투해 왔다. 또한 전투에 대한 놀라운 열망을 발견하고는 사랑하는 여자에게 구애하듯 전쟁에 구애했다. 공격이 결정되었다는 소식이 카디스보다 먼저 에스크에 전해졌을 때 그는 반나절 휴가를 얻은 남학생처럼 모자를 높이 던져 올려 바다에 빠뜨렸다. 다만 이 사람은 수염이 난 큰 자산가로서 목숨을 걸고 싸우라는 허락을 받은 것이다. 벤보는 한쪽 다리를 잃은 후에도 침상에 가만히 누워 있지 않고, 갑판에 올라 망태 안에서 전투를 지휘하고 독려했다. 나는 그들이 전쟁을 연인처럼 사랑한다고 말했지만, 이와 비슷한 상황에서 우리가 계속 구애할 만한 여인은 많지 않을 것이다. 트로브리지는 컬로덴호와 함께 뭍에 올라서 나일 전투에 참여할 수 없었다. "그 배와 그 용감한 선장의 공적은 너무 잘 알려져 있어서 무슨 말로도 보태기 어렵소. 배가 좌초한 것은 너무 큰 불행이지만 그 배의 운 좋은 동반자들은 행복의 절정을 누렸소."라고 넬슨은 그 제독에게 편지를 썼다. 이 주목할 만한 표현은 넓은 마음으로 호언장담하는 영국 제독들을 한 치의 오차도 없이 정확하게 묘사한다. 5525명 부하가 죽고 자기 머리 가죽이 원통형 포탄에 찢겨 나간 것이 넬슨에게는 "행복의 절정"이어야 했다. 코펜하겐에서 그가 한 말을 다시 들어 보자. 큰 돛대를 뚫은 포탄의 파편이 사방에 튀었다. 그러자 그는 사관을 보고 웃으며 말했다. "뜨끔뜨끔하군. 이게 우리의 마지막 순간이 될지 모르겠네." 그러고는 트랩 앞에 멈춰 서서 감격스럽게 덧붙였다. "하지만 기억해 두게, 나는 수천 파운드를 받더라도 여기 아닌 다른 곳에 있지 않을 걸세."

한 가지 일화를 덧붙여야겠다. 그 이야기는 최근 우리에게, 더욱이 영어로 쓰인 가장 고상한 발라드 중 하나를 통해 알려졌다. 내가 보잘것없는 산문으로 요약했을 때 그 성스러운 시인[88]이 그렌빌에게 불멸의 명성을 부여할 작정이었음을 몰랐다는 사실을 독자들이 믿어 주기 바란다. 리처드 그렌빌 경은 토머스 하워드 경의 부제독으로서 1591년 아조레스 제도에서 조금 떨어진 곳에 영국 소함대와 정박했다. 그는 선원들에게 악명 높은 폭군이었고, 악랄하게 들볶는 사람이었음이 분명하다. 그가 연회에서 포도주잔을 씹어 삼켜 입에서 피를 철철 흘리는 등의 경거망동을 하곤 했다는 얘기가 전해진다. 스페인 함대 오십 척이 영국인들의 눈에 띄었을 때 마지막으로 닻을 올린 배가 그의 리벤지호였는데, 스페인 함대에 포위되어 두 가지 선택밖에 남지 않았다. 적에게 등을 돌리고 달아나거나 소함대 사이로 배를 몰아가는 것이었다. 그렌빌은 첫 번째 방안을 자신과 조국 그리고 여왕의 군함에 대한 치욕으로 여겨 일축했다. 따라서 두 번째 방안을 선택하고 스페인 군함 쪽으로 나아갔다. 그는 몇 척의 뱃머리를 바람 불어오는 쪽으로 돌려 자기 배 밑에서 바람을 피하게 했다. 그러다가 오후 3시쯤 삼 층 대포가 있는 큰 배의 돛으로 바람을 받아 즉시 파도를 헤치며 나아갔다. 그때부터 밤새도록 리벤지호는 단독으로 스페인 함대에 대항했다. 배 한 척이 격퇴당하면 다른 배가 그 자리를 대신했다. 랠리의 계산에 따르면 리벤지호는 "숱한 공격과 침탈 시도 외에도 800발의 큰 포탄"을 견뎌 냈다. 날이 밝자 화약은 다 떨어졌고 창은 모두 부서졌으며 멀

---

88 19세기 영국의 계관 시인 앨프리드 테니슨 경. 그의 시 「리벤지호: 함대의 발라드」(1878)에 대한 언급.

쩡히 서 있는 활대는 하나도 없고 "달아나기 위해서든 방어를 위해서든 배 위에 남은 것이 없었다." 선창에는 물이 180센티 미터나 차올랐고 거의 모든 선원이 다쳤으며 그렌빌은 죽어 가고 있었다. 오십 척의 함대가 열다섯 시간 공격을 가해서 이 들을 이 지경으로 만든 것이다. 헐크스의 애드미럴호와 세비 야의 어센션호는 나란히 침몰했고, 다른 배 두 척은 거의 침몰 상태로 해안에 대피했다. 호크의 말에 따르면 그들은 "엄청난 압승을 거뒀다." 선장과 선원들은 충분히 버텼다고 생각했지 만 그렌빌은 그렇게 생각하지 않았다. 그는 성격이 자신과 비 슷하다고 생각했던 장포장에게 리벤지호 밑바닥에 구멍을 뚫 어 그 자리에서 침몰시키라고 명령했다. 제독만큼 치명적 부 상을 입지 않았던 다른 이들은 결연히 방해 공작에 나섰고 장 포장의 칼을 빼앗고는 선실에 가뒀다. 그가 배를 침몰시키지 못하면 자살하겠다고 공언했기 때문이었다. 그들은 스페인 함대에 사람을 보내 협상을 제안했고 이는 수용되었다. 이삼 일 후 그렌빌은 스페인 기함에서 사망했고, 자신의 뜻대로 부 상에 시달리고 식량도 부족한 형편없는 여섯 척 선박으로 훌 륭한 설비와 충분한 선원이 갖춰진 군함 오십 척과 싸우지 않 은 "반역자와 배신자"에 대한 경멸을 남겼다. 그는 적어도 자 신이 해야 할 바를 다했다고 말했고 영원한 명성을 좇았다.

일전에 누군가는 이 이야기가 폐해를 끼치는 사례로 간주 된다고 내게 말했다. 하지만 나는 그렌빌 같은 사람이 남아도 는 바람에 우리가 혹시라도 실제 위험에 빠질 일은 없다고 생 각한다. 게다가 나는 그 의견에 반대한다. 그런 행동의 가치는 겁에 질린 감성이나 만연한 상식으로는 판단할 수 없다. 조국 의 발라드를 쓰려는 사람은 리처드 그렌빌의 위업에 비하면 열망이 작은 편이다. 이 무모한 이야기를 통해서 얼마나 많은 사람이 고무되었고 이로써 일어난 기백으로 영국이 실제로 얼마나 많은 전투에서 이겼는지 궁금해진다. 평범한 사람이 적절한 경우에 용기를 내려면 어느 정도 저돌적 습성이 있어야만 한다. 육군이나 해군이 돈키호테식 열광적 공상에 이끌리지 않는다면 법무 장교에 대한 공포 때문에 멀리 나아가지는 못할 것이다. 독일의 전투에도 지도와 전신 외에 군가 「라인 강을 수호하라」가 이용된다. 또한 그런 이야기가 군인에게만 유용한 것은 아니다. 신나는 결사적 전투에서 배에 깃발을 휘날리는 사람이 그렌빌이든 벤보이든 호크이든 넬슨이든 간에 우리는 이런 시련에 처해서 이른바 영웅적 감정을 입증하는 사람들을 보게 된다. 순조롭게 살아가는 인도주의자들은 자신들이 어마어마한 영웅적 감정에 시달리고, 바다나 육지에서 온갖 전쟁을 벌이는 호전적 인간들보다 특별한 일을 하지 않는 자신들에게 더 고귀한 영혼이 필요하다고 클럽 흡연실에서 말한다. 이 말은 타당할지 모르지만 문제의 정곡을 찌르지는 못한다. 왜냐하면 나는 기운을 북돋우는 성취에서 이런 고귀함을 보고 싶기 때문이다. 지금부터 마지막 심판의 날까지 누군가 클럽 흡연실에서 시가를 피우며 그럴듯한 이야기를 늘어놓더라도 보물처럼 빛나고 고무적인 인류의 본보기에 아무것도 덧붙이지 못한다. 목사와 티파티에 관한 소설을 읽고서는 누구도 자신의 행실을 부끄러워하며 고귀한 결심을 하지 않는다. 그들의 마음이 무신경한 탓일 수도 있지만, 그들을 적절히 분발시키려면 어느 정도 위풍당당하게 명예를 얻는 남자들이 등장해야 한다. 이런 까닭에, 이를테면 용기를 북돋는 감화력이 풍부한 이런 선장들에 대한 대문자로 적힌 이야기는 웨스트민스터와 버밍엄 사이에 깔려 있는 온갖 정치 철학서의 실용적 가치보다 영국에 더 귀중하다. 식탁에서 포도주잔을 씹어 대는 그렌빌은 무리 속에서나 사적으로 만나는 수많은 예술가들처럼 그리 호감 가지 않는 인물이다. 그러나 그의 작품, 그가 완성한 비극은 웅변적인 위업이다. 그것은 참전하는 군인에게 활기를 불어넣을뿐더러 점원이 더 기운차게 복식 부기를 하게 도우리라고 나는 주장한다.

이와 연관된 듯한 또 다른 문제가 있다. 바로 템플[89]이 제기한 문제다. 더글러스가 로열오크호와 함께 타 버린 것이 현명한 일이었을까? 그리고 요인을 압축하자면 무엇이 그로 하여금 그렇게 행동하게 했을까? 명예욕 때문이라고 많은 이들이 말할 것이다.

시저와 알렉산더는 운이 따라 준 덕분에 무한히 위대한 명성을 얻지 않았던가? 행운의 여신은 전진하기 시작하는 사람들을 얼마나 많이 짓밟았던가? 우리가 알지 못하는 수많은 사람들이 첫 번째 출격에서 불운으로 방해받지 않았다면 시저와 알렉산더처럼 큰 용기로 임했을 터다. 큰 위험이 수없이 도처에 도사리고 있지만, 시저가 부상을 입었다는 말은 어디서도 읽은 기억이 없다. 그가 겪은 가장 작은 위험보다도 못한 위험에서 수천 명이 쓰러졌다. 주목을 받는 행위는 하나지만 목격자 없이 이뤄지는 용감한 행위는 수없이 많다고 볼 수 있다. 인간이 늘 밀려오는 파도의 꼭대기에 있는 것도 아니고, 그의 대장에게 잘 보이는 부대 선두에 서는 것도 아니다. 그는 산울타

---

[89]　정치가이자 수필가였던 윌리엄 템플 경(1628~1699)의 회고록 참조.

리와 도랑 사이에서 불시에 습격을 받기도 한다. 목숨을 걸고 닭장에 돌격하고, 악랄한 머스킷 총병 네 명을 헛간에서 몰아내야 한다. 필요하면 단독으로 이동하여 홀로 모험에 맞닥뜨려야 한다.

이렇게 몽테뉴는 '영예'에 관한 특징적 에세이에서 말한다. 더글러스나 그렌빌의 경우처럼 죽음을 의심할 수 없을 때, 개인적 관점으로 보면 죽음은 다 똑같다. 닭장을 습격하다 목숨을 잃은 사람이나 철통같은 요새를 습격하다가 목숨을 잃은 사람이나 동일한 처지다. 귀족 작위를 놓쳤든 상등병 계급장을 놓쳤든, 그것을 놓치고 조용히 무덤에 들어간다면 다 매한가지다. 우연히 웨이저호[90]의 네 선원의 행적이 알려졌다. 이 용감한 선원들은 보트에 자리가 모자라서 섬에 남아 불가피한 죽음을 기다리게 되었다. 그들은 자신들이 군인이라고 말했고, 자신들이 할 일이 죽는 것임을 잘 알았다. 동료들이 노를 저어 갈 때 그들은 해안에 서서 만세 삼창을 하고 "국왕께 신의 가호가 있기를!"이라고 소리쳤다. 그런데 보트에 탄 이들 중 한두 명이, 있을 법하지 않은 일이기는 하지만, 위험에서 벗어나 이 이야기를 들려주게 된 것이다. 이 일화는 우리에게 대단하지만 그 선원들에게는 아무리 말을 억지로 갖다 붙이더라도 대단한 일이었다고 생각할 수 없다. 그들은 자신들의 행위가 잊히지 않기를 바라며 죽었을 수 있다. 그게 아

---

90   1741년 칠레의 서쪽 해안에 있는 황량한 섬에 난파한 웨이저호에 대한 언급인 듯하다. 대다수 선원이 폭동을 일으키고 보트를 타고 떠난 후 선장과 몇몇 선원이 원주민의 도움을 받아 북쪽으로 이동했다.

니라 그런 생각은 전혀 없었을 수도 있고, 없었을 가능성이 더 크다. 할머니가 들려준 회상 외에는 과거 역사에 대해 아무것도 모르고 읽지도 못하는 해병대 신병에게 '명성'이 의미가 있을까? 그러나 여러분이 어떻게 가정하더라도 그 사실은 변함없다. 그들은 죽었고 그 문제는 여전히 불확실하게 남아 있다. 그리고 바람과 파도, 인디언 족장과 스페인 총독의 변덕에 따라 그들이 무익한 희생자로 묻힐지 명예로운 영웅이 될지 결정되기 전에 그들의 시신은 이미 백골이 되었다. 바로 이것이 참교훈이라고 믿는다. 명예를 얻으려고 용감하게 행동하는 인간은 결국 어리석은 것뿐이다.

행동을 사소한 개인적 동기로 분석하고 영웅적 행위의 이유를 제시하는 것은 기껏해야 좀스럽게 아첨하는 일에 불과하다. "얼빠진 부랑자"는 달갑지 않은 꾸지람이 아니라 열렬한 경탄 덕분에 내심 제독처럼 성장할 것이다. 그러나 이 멋진 말과 행위를 낳는 개인적 동기에 관한 또 다른 지론이 있는데, 그것은 진실하고 건전하다고 믿는다. 대체로 사람들이 어떤 행위를 하며 수난을 겪는 것은 그쪽으로 나아가려는 성향이 있기 때문이다. 최고의 예술가는 후세를 응시하는 사람이 아니라, 자신의 예술 행위를 사랑하는 사람이다. 상인으로 성공해서 30세에 은퇴하는 것이 아니라 고귀하고 이른바 영웅적인 자극을 좋아하는 사람이 있다. 제독들이 연인에게 구애하듯이 전쟁에 구애한다면, 북소리가 막사에 울릴 때 선원들이 쾌활하게 선실에서 나온다면, 그것은 전투에서 다양하고 강렬한 경험을 할 수 있기 때문이고, 넬슨이 계산한 바에 따르면, 그런 경험은 가슴속에 용기가 있는 사람에게 '수천' 파운드에 달하는 가치 있는 경험이기 때문이다. 웨이저호 선원들이 만세 삼창을 하고 "국왕께 신의 가호가 있기를!"이라고 소리친 것은 자기만족을 위한 고귀한 행동을 추구했기 때문이다. 그들은 목숨을 바쳤고, 이를 피할 도리가 없었다. 따라서 목숨을 당당하게 바치는 것은 자긍심의 문제였다. 그 순간 이네 사람은 세상의 그 어떤 선원보다도 행복했을 것이다. 발트해에서의 활약에 수천 파운드의 가치가 있다면, 이 네 선원 중하나가 된다면 어느 정도의 가치가 있을지 그리고 그들의 이야기는 그것을 읽은 우리에게 얼마만 한 가치가 있을지 공리주의 산술가가 계산해 주면 좋겠다. 다만 감정을 잘 드러내지 않는 사람이라면 상황을 망쳤을 것이다. 아무리 훌륭한 행위라도 미사여구로 표현되는 편이 낫다. 만일 버큰헤드호의 군인들이 시구에 남지 않았더라면, 웨이저호의 선원들이 유사한 상황의 많은 용감한 선원들처럼 아무 말 없이 섬으로 걸어갔더라면, 공리주의 산술가는 이 두 이야기의 가치를 훨씬 낮게 평가했을 것이다. 우리는 영웅에게 숭고한 분위기가 있기를 바란다. 그리고 인간의 활동 무대를 잘 알아서 자신들의 일을 완수하고, 그들이 영웅적으로 행동하려는 시점을 우리가 판단하지 못하는 일이 없기를 바란다. 그러므로 우리는 제독들이 마음이 넓을뿐더러 호언장담한다는 사실을 자축해야 한다.

영웅들 스스로가 명예를 목적으로 삼는다고 말할 때도 종종 있지만 그리 적절한 표현은 아니다. 사람들은 대체로 기존에 배운 말을 사용한다. 그 말은 그들이 젊은 시절에 인생의 목적을 표현하기 위해 배운 유행어였다. 큰 전투에서 이긴 사람은 자기감정을 애써 살피거나 감정 표현에 사용하도록 배운 말을 검토하지 않을 것이다. 여러분이 믿는다면 거의 대다수는 자기 행동의 명백한 원칙과는 전혀 다른 인생관을 주장한다. 사실 명예란 사전에 혹은 사후에 생각할 수 있겠지만 너무 추상적인 관념이라서 중대한 결정을 신속히 내려야 하는 순간에는 사람의 마음을 그리 움직이지 못한다. 보다 직접적인 관념이나 머리에 피가 끓게 하는 결단, 환상이 있어야만 사람은 요새의 갈라진 틈으로 돌격하고 과감한 말을 내뱉는다. 카누에 앉아서 볼품없는 어살을 던지는 사람도 전쟁터에 나가는 사령관 못지않게 명예에 대해 많이 생각할 수 있다. 다만 그의 행동은 어떤 결과를 낳든 간에 뮤즈가 기뻐하며 찬미할 행동은 아니다. 실은 그 사람이 왜 그렇게 입에 담기도 싫고 쳐다보기도 무서운 일을 하는지 이해하기 어렵다. 좋아서 한다는 지론에서가 아니라면 말이다. 바로 그것이 동기라고 생각한다. 비컨스필드 경과 글래드스톤이 하원에서 치열한 논쟁을 벌이고 버너비가 일전에 히바[91]로 말을 달리고 제독들이 애인처럼 전쟁에 구애하는 까닭의 1할 이상이리라.

91 우즈베키스탄 서부의 도시.

레이번[92]의 초상화

　어느 저명한 시민의 주도로 가을 몇 주간 에든버러에서 가치 있고 흥미로운 그림들이 전시되었다. 스코틀랜드 아카데미 실내에 진열된 그 그림들은 해마다 봄철 전시회를 찾던 사람들에게 놀라움과 낯선 느낌을 선사했다. 평범한 자줏빛 석양과 연둣빛 들판, 접합제와 돼지기름으로 만든 원근감 대신, 전시실마다 현명하고 엄숙하며 우스꽝스럽고 유능하거나 아름다운 얼굴이 벽에서 내려다본 것이다. 진정한 소질을 타고난 화가가 그린 소박하고 강렬한 초상화였다. 그것은 인간적인 '응접실 희극'[93]의 완벽한 한 막이었다. 귀족과 귀부인, 군인과 의사, 교수형을 좋아하는 가혹한 판사, 이단적 목사 등 상류층의 한 세대가 되살아났다. 작금의 스코틀랜드인들이 두 세대 전의 스코틀랜드인들 사이에서 걸어 다녔다. 시기적으로도 늦지도 이르지도 않게 적절했다. 이 초상화들의 모델

92　헨리 레이번 경. 스코틀랜드의 유명한 초상화가(1756~1823).

93　응접실을 무대로 상류 사회 인물을 다룬 희극 장르.

은 먼 조상이 아니라 아직 친척으로 남아 있는 사람들이다. 전체적으로 아직은 먼지 덮인 과거의 일부가 아니고, 우리의 애정이 닿을 만한 중거리쯤에 위치한다. 그림 속에서 할아버지의 시계를 의아하게 쳐다보는 어린애는 지금 퍼스의 노련한 명예 주장관이다. 육십 년간 떠나 있다가 얼마 전에 에든버러에 돌아왔다는 부인의 이야기도 들린다. "옛 친구들을 하나도 볼 수 없었는데, 레이번 갤러리에 갔더니 거기 다 있더군요."

그 전시물들이 흥미로운 이유가 통일성 때문인지, 유사성 때문인지는 판단하기 어렵다. 같은 시기에 그려졌고 거의 모두 같은 계층의 인물을 다루었고 같은 붓으로 그려진 초상화에는 유사점이 많을 수밖에 없다. 하지만 레이번이 예리하게 포착한 개인적 차이점은 유사한 방식 때문에 더 뚜렷이 부각되는 듯하다. 그는 천부적인 초상화가였다. 그는 양미간으로 빈틈없이 사람을 쳐다보고는 그들의 얼굴에서 습성을 알아냈고, 그들이 화실에 들어온 지 몇 분 지나지 않아 기본적 성격을 파악했다. 그렇게 재빨리 감지한 바를 바로 그 순간에 화폭에 옮겼다. 그는 손이나 얼굴을 그리는 데 어려움이 전혀 없었다고 한다. 옷 주름이나 빛과 구도에 대해서는 망설이거나 재고할 여지가 있었을 것이다. 하지만 얼굴이나 손은 명백해서 쉽게 읽을 수 있었다. 사람의 이름이 그렇듯 거기에는 두 가지가 있을 수 없다. 그래서 그의 초상화는 (카탈로그에 적절히 인용된 존슨 박사의 표현에 따르면) "한 편의 역사"일 뿐 아니라 덤으로 한 편의 전기이기도 하다. 각각의 전기가 똑같이 재미있고 그 나름의 자격을 화폭에 똑같이 담고 있기를 경건히 바란다. 이 초상화들은 뭇 일화보다 자극적이고, 뭇 교훈적 회고록보다 완벽하다. 역사가 로버트슨[94]의 개념을 더 강력하고 선명하게 이해할 수 있는 곳이 레이번의 팔레트인지 듀갤드 스튜어트[95]의 모호하고 애매한 미문(美文)인지 판단할 수 있을 것이다. 게다가 초상화는 서명을 통해 승인되고 또다시 승인된다. 우선 화가의 권위가 있기 때문이다. 여러분은 그가 인간의 용모와 매너에 대한 비범한 비평가라고 인정한다. 다음으로는 초상화의 인물이 잠자코 묵인하기 때문이다. 인물은 비길 데 없이 순진한 표정으로, 자신이 방 안에 혼자 있다고 여기는 듯한 얼굴로 여러분을 바라본다. 레이번은 어색하거나 당혹한 모델의 표정을 곧바로 뚫고 들어가 더없이 한가로운 순간의 얼굴처럼 또렷하고 솔직하며 영리하게 제시한다. 초상화의 모델이 적절한 동작을 취했을 때 이 점은 명백해진다. 닐고는 바이올린을 켜고, 스펜스 박사는 활을 당기고, 배너타인 경은 소송 사유를 듣고 있다. 특히 이런 점에서 볼 때 육군 중령 라이언의 초상화는 주목할 만하다. 불그레한 얼굴에 하관이 통통하고 여윈 이마에 좁은 코와 섬세한 콧구멍이 있는 기묘한 젊은이가 화판을 무릎에 올려놓고 앉아 있다. 그는 방금 그림을 중단하고 어떤 어려운 문제를 스스로에게 설명하거나 뒤엉킨 선을 풀어내고 인접한 명암을 비교하려 한다. 그런데 찡그린 구석이 전혀 없으면서도 뚫어지게 응시하는 시선과 무의식적으로 꽉 다문 입술이 그런 노력을 적절히 보여 주며 정확하게 드러낸다. 모델의 자세와 표정은 솔직하고 소박하기 그지없다. 라이언 중령은 초상화의 모델로 앉아 있는 것

---

94 윌리엄 로버트슨(1721~1793). 스코틀랜드의 역사가.

95 스코틀랜드의 윤리학자로서 에든버러 대학 교수(1753~1828).

을 전혀 의식하지 못했고 그 순간의 주된 관심사 외에는 아무 생각도 없었노라고 맹세할 수 있을 정도다.

내가 알기로는 이 전시회에 레이번의 작품 전부가 전시되지는 않았지만 예술 작품으로나 초상화로나 그저 그런 작품도 포함될 만큼 대규모의 전시회였다. 작품의 수준은 분명 아주 높았고 놀랍게도 그 수준이 유지되었지만, 몇 작품은 포함되지 않는 편이 나았을 것이다. 활기가 부족해 보이는 초상화가 한두 점 있었고, 그리 흡사하지 않았더라면 더 좋았을 작품도 있었다. 가령 월터 스콧 경의 초상화들은 그리 보기 좋지 않았다. 여러분은 스콧이 그처럼 촌스럽고 뚱뚱했으리라고 생각하고 싶지 않을 것이다. 그리고 여러 기록과 많은 초상화에서 그의 특징적 면모로 부각되었던 뾰족한 이마는 어디 있는가? 또한 본인이 만족했고 존 브라운 박사도 그리 말하지만, 나는 레이번의 손재주가 대단하다고 생각할 수 없다. 의심할 바 없이 그는 애써 면밀히 관찰하면 잘 그릴 수 있었지만, 항상 노력을 들이지는 않았다. 그의 초상화들이 걸린 이 방들을 돌아보면, 살아 있는 사람들로 가득 찬 방을 돌아볼 때와 달리 표정이 풍부한 얼굴들에 깊은 인상을 받는다. 그러나 손의 묘사는 그렇지 않다. 초상화에 그려진 얼굴의 차이에 비해 손의 차이는 십 분의 일도 되지 않는다. 하지만 살아 있는 사람의 얼굴과 손은 서로 조화를 이룬다. 얼굴이 두드러진 경우에 손도 평범하지 않은 경우가 거의 대다수다.

흥미로운 그림 중 하나는 캠퍼다운의 던컨 초상화다. 그는 군복 차림으로 탁자 옆에 서 있는데, 늙은 선원답게 두 다리를 균형 잡고 약간 벌린 채 손가락을 해도에 대고 있다. 입을 오므리고 콧구멍을 벌름거리며 눈썹을 활 모양으로 치켜 떴고, 턱과 함께 무쇠 같은 주름에 덮인 뺨은 짭짤한 바닷바람을 쏘인 탓에 불그레하다. 그의 풍채와 자세, 표정에서 엄격함과 단호함, 빈틈없는 강단과 굳센 분위기가 뿜어져 나온다. 그의 표정을 보면 캠퍼다운 전투 직전의 그의 연설을 이끌어 간 유머 감각보다는 냉혹하고 천연덕스러운 농지거리를 읽을 수 있다. 그는 드 윈터 제독이 지휘하는 네덜란드 함대를 따라잡았을 때 말했다. "제군들, 알다시피 혹독한 겨울[96]이 다가오고 있다. 불을 계속 활활 피우라고만 권고하겠다." 이와 같이 굳센 익살을 부리는 정신이 노어[97]의 폭동에서 그를 지탱해 주었을 것이다. 당시 그의 기함 베너러블호와 다른 배 한 척만 텍셀 섬에서 조금 떨어진 곳에 정박해 있었지만 그는 마치 앞바다에 강력한 함대가 포진해 있는 듯이 네덜란드 군대를 위협하는 적극적인 신호를 계속 보냈다.

뿌리칠 수 없이 시선을 끄는 또 다른 초상화는 최고 법원 차장인 브랙스필드의 로버트 맥퀸의 반신 초상화다. 그림에서 열정을 감지할 능력이 내게 있다면, 이 초상화를 그리면서 화가는 맛보기 드문 즐거움을 느꼈을 거라고 말할 수 있다. 신랄하고 낙천적이며 익살스러운 인물의 표정과 곤봉 같은 코, 턱 위에 네모지게 얹힌 얼굴이 형제애 같은 다정한 감정으로 포착되어 영원히 남겨졌다. 훌륭한 보르도 와인을 맛보면서

---

96   네덜란드 제독의 이름이 Winter(겨울)임을 이용한 농담.

97   템스 강 어귀의 모래톱.

마개가 빠진 지 오래되었다는 생각이 스친 사람처럼 특이하고 미묘한 표정이 육감적이고 의심스러운 듯한 입가에 감돈다. 노년의 떨리는 눈꺼풀 밑에서 젊어 보이기도 늙어 보이기도 하는 눈이 반짝이며 내다본다. 깍지 낀 두 손은 품위를 과시하려는 기색 없이 판사의 배 위에 얹혀 있다. 화가가 인물을 공감적으로 그려 내는 탓에 관객도 공감적 충동을 억누를 수 없다. 공감이란 인도적인 배려와는 별도로 고무되어야 하는 것이다. 우리에게 지혜를 위한 재료를 제공하기 때문이다. 평판이 좋지 못한 사람들, 그중에서 브랙스필드 경에 대해 내밀하게 친절한 마음을 품는 것이 그의 관념적 악덕에 도덕적으로 열렬히 분노하는 것보다 유익하다. 그는 스코틀랜드 재판 관석에서 순수한 스코틀랜드어를 마지막으로 사용한 판사였다. 스코틀랜드 방언으로 전달되고 활기차고 억센 대화체로 표현된 그의 견해는 대단히 효과적이었고 권위로 충만했다. 법정을 벗어나거나 법원 밖에서 그는 명랑한 사람이었고 포도주를 좋아했으며 선술집 모임에서 "특히 빛을 발했다." 그의 거칠고 잔인한 말은 타의 추종을 불허한다는 평판을 남겼고, 오늘날까지도 그의 이름은 교수대를 연상시킨다. 1793년과 1974년에 뮈어와 스커빙[98]의 재판을 맡았던 사람도 그였다. 이 재판에서 그가 보여 준 모습은 오늘날의 정형화된 방식과 어울리지 않았다. 그는 뮈어 사건의 요지를 설명하기 시작했는데, 독자는 "으르렁거리는 대장장이 목소리"와 노골적인 스코틀랜드 강세를 덧붙여 들어야 한다. "자, 고려할 문제는

98   스코틀랜드 의회 개혁을 위한 팸플릿을 작성하고 선동한 죄목으로 오스트레일리아로 추방된 정치적 희생자.

이것이다. 형사 피고인이 선동죄를 범했는가, 그러지 않았는가? 이 문제에 답하기 전에, 증거가 불필요한 두 가지 사실에 주목해야 한다. 첫째, 영국 헌법은 세계가 창조된 이후로 지금까지 존재한 헌법 중 최고로서, 개선될 수 없다는 점이다." 이 말은 정치 재판에서 꽤 공정한 서두로 보인다. 그렇지 않은 가? 조금 지나서 그는 기회를 잡아 뭐어와 "그 비열한 놈들", 즉 프랑스인들과의 관계를 언급한다. "나는 평생 프랑스인을 좋아하지 않았지만, 이제는 그들을 증오한다." 거기서 조금 더 나아가 말한다. "어느 나라든 정부는 자치 단체 같아야 한다. 이 나라 정부는 지주 계층으로 이루어져 있고, 지주 계층만이 대표자를 뽑을 권리가 있다. 동산(動産)밖에 없는 오합지졸에 대해 국가가 무엇을 파악하고 있는가? 그들은 재산을 꾸려 등에 지고 눈 깜작할 사이에 이 나라를 떠날 수 있다." 이처럼 냉소적으로 반대중적 감정을 표명한 후 대체로 자정쯤 재판이 끝나면 브랙스필드는 탁월한 호위자 없이 그저 편안한 마음으로 조지 광장에 있는 집으로 걸어가곤 했다. 어깨에 망토를 두른 채 어쩌면 등불을 들고 1월 깜깜한 밤에 거리를 따라 걸어가는 그의 모습이 보이는 것 같다. 바로 그날 스커빙이 이런 말로 그의 권위에 도전했을 것이다. "판사님께서 저를 위협해 봐야 아무 소용 없습니다. 저는 인간의 얼굴을 두려워하지 않는 법을 오래전에 배웠으니까요." 브랙스필드가 에든버러의 불평분자라고 부른 다수의 사람들과, 그 가운데 올곧고 강직한 판사에 대한 특별한 앙심을 품었을 많은 사람들, 아니 바로 그 순간에 적의를 품고 어두운 골목 입구에 숨어 있는지 모를 사람을 생각하면서, 그 자신도 인간의 얼굴이나 주먹을 그리 겁낸 적이 없었고 지금까지 이런 무신경을 용감하게 표현할 기회가 없었다고 생각하며 씁쓸한 웃음을 지었을 모습이 상상된다. 그가 무자비한 노신사였다면(유감스럽게도 무자비했던 것은 사실이다.) 더없이 용감무쌍한 사람이기도 했던 것이다. 그 초상화의 기묘한 얼굴을 아무리 오래 들여다보아도, 소심함이 스며들 여지는 바늘구멍만큼도 보이지 않는다.

실로 특출한 솜씨를 보이거나 흥미로운 연상을 일으키는 초상화를 절반만 열거하더라도 이 글은 끝없이 이어질 것이다. 토베인힐의 워드롭 씨 초상화는 대다수 비전문가에게 렘브란트의 작품으로 속여 넘길 만한 그림이다. 바로 옆에 백발이 성성한 엘딘의 존 클록이 보이는데, 이 시골 신사는 정찬 식탁에서 코르크 마개를 만지작거리다가 현대식 해전(海戰)을 창안한 인물이다. 닐 고의 초상화도 있는데, 초상화의 모델이 되기 위해 이 늙은 바이올리니스트는 애솔 공작과 팔짱을 끼고 에든버러 거리를 매일 거닐었다. 선량한 해리 어스킨의 초상화에서는 풍자를 좋아하는 그의 코와 윗입술이 두드러지고, 재치 있는 말이 막 튀어나오려는 듯 입이 벌어져 있다. 퀘이커교도 차림에, 전체적으로 말쑥하고 홀쭉한 지질학자 허턴은 아가씨보다 화석을 좋아하는 듯이 보인다. 지나치게 붉은 실내복 차림의 혈기왕성한 존 로비슨은 어느 모로 보나 상류 사회의 멋진 노신사다. 탁자 옆에 똑바로 선 출판업자 콘스타블은 품위 있는 거래로 회사를 떠받친다. 배너타인 경은 이세상 누구보다도 진지하게 소송 사유를 심리하고 있다. 뉴턴 경은 판사석에서 남몰래 졸다가 방금 깬 얼굴이다. 재판소 재차장 던다스는 얼굴이 너무 통통해서 가발을 쓴 품새가 어린이 그림책에 나오는 우스꽝스럽고 늙은 법원 직원 같다. 하지만 그의 통통한 이목구비는 의미심장하다. 굳게 다물려 굴곡진 두툼한 입술, 기품 있는 부리 모양과 선량한 병 모양이 묘하게 결합된 코, 이중 턱조차 영리하고 통찰력 있는 분위기를 풍긴다. 인물에 딱 들어맞게 효과적으로 보여 주며 아주 활기차게 관객을 바라보기 때문에, 길거리에서 마주치는 사람들이 글자가 지워져 흐릿해진 6펜스 은화라면 이 초상화들은 반짝이는 새 금화 같다. 우리 세대를 업신여기는 마음이 조금 들지 않을 수 없다. 하지만 우리에게 부족한 것은 오로지 성스러운 시인이다. 카를로스 듀란 같은 화가가 초상화를 그려 준다면 우리도 불멸의 모습으로 점잖게 후손을 바라볼 것이다.

솔직히 레이번이 그린 젊은 여성들은 비교적 뛰어나지 못하다. 물론 재닛 서티 양이나 파슬의 캠프벨 부인의 자태에는 누구도 무심할 수 없다. 그러나 전체적으로 볼 때 레이번이 남자를 뛰어나게 재현했다고 말할 때의 의미에서 잘 그렸다고 볼 수 있는 여자는 나이 지긋한 부인들뿐이다. 젊은 여자는 진짜 살과 피로 이루어진 인간처럼 보이지 않는다. 풍부하고 매끄러운 솜씨가 발휘되지 않아 무미건조하고 열다. 대영 제국의 젊은 숙녀들이 바람직한 자질을 모두 갖추고 있더라도, 레이번이 그려 낸 모습과는 유사하지 않기를 바랄 수밖에 없다. 그가 그린 이 예쁜 얼굴들에는 개성도 정열도 없으며, 세상의 온갖 아름다움에 뒤지지 않는 저돌적인 기미가 없다. 무엇보다도 고약한 것은 여성적 특징이 없다는 점이다. 그의 젊은 숙녀들은 그가 그린 남자들이 남성적인 만큼 여성적이지 못하다. 그 아가씨들은 부정적인 의미에서 여성적이다. 간단히 말해서 남성 소설가가 전형적으로 그려 내는 아가씨 같다.

사실 레이번은 젊고 예쁜 아가씨를 대할 때 소심해지거나 감상적인 생각에 빠져 감각이 무뎌진 것이다. 아니면 (이것이 더 진실에 가까울 텐데) 레이번이나 다른 남자들은 한쪽으로 나아가려고 맹목적으로 고집하면서, 수천 년이 지났어도 이브를 처음 본 아담처럼 여자를 잘 알지 못하는 셈이다. 우리가 나이 든 여자에 대해서는 그리 무지하지 않으므로, 이 설명이 더 그럴듯하다. 남자들의 책에 중요한 노부인이 등장하는 경우도 간간이 있다. 레이번의 그림에도 파크의 콜린 캠프벨 부인이나 익명의 "큰 모자를 쓴 노숙녀"가 있는데, 그가 가장 잘 그린 남자 초상화들처럼 유감없이 통찰력이 발휘되어 그려졌다. 그는 부인들의 눈을 아무 문제 없이 들여다보았고, 수줍고 감상적인 생각에 억제되지 않고 거기서 본 것을 인식하고 가차 없이 화폭에 옮겼다. 하지만 사람들이 직접 만날 때는 어느 정도의 혼란과 의도치 않은 상당한 기만이 끼어들 수밖에 없고, 함께 있으면서도 서로 다른 생각에 몰두하므로, 영리하게 탐구할 여지가 많지 않으며, 진정한 이해에서 비롯된 결과가 많이 도출될 수도 없다. 여자들도 실제적 목적을 위해서는 남자를 아주 잘 이해하지만 예술적 목적을 위해서는 잘 알지 못한다. 여자가 그려 낸 최고의 남자, 가령 티토 멀리머[99]를 예로 들어 보자. 그러면 그에게 모호한 분위기가 있고, 뒤통수에 볏처럼 돋은 살이 있음이 이따금 떠오를 것이다. 물론 어떤 여자도 이것을 믿지 않을 테고, 이처럼 믿지 못하는 여자들의 비위를 맞출 정도로 예의 바른 남자는 많이 있을 것이다.

99　조지 엘리엇의 소설 『로몰라』에서 로몰라와 결혼하는 젊고 잘생긴 학자.

아이의 놀이

우리가 어린 시절에 대해 애석해하는 것은 전적으로 정당화될 수 없다. 사람들의 놀림을 겁내지 않으며 그렇게 주장할 수 있다. 어린 시절 이후의 여러 변화에 대해 안타까워하며 고개를 가로젓더라도 새로운 상태에서 누릴 수 있는 다양한 이점을 모르지 않기 때문이다. 너그러운 충동은 사라졌어도 남들을 너그럽게 바라보는 습관에서 얻는 바가 더 많다. 장난감 병정을 갖고 노는 재주의 상실은 셰익스피어를 즐길 수 있는 능력으로 상쇄될 것이다. 더구나 일상생활에서 공포가 사라진다. 이제 우리는 침대 커튼 뒤에서 악귀를 보지 않고, 바람 소리를 들으며 말똥말똥 깨어 있지도 않는다. 더는 학교에 다니지 않는다. 한 가지 단조롭고 고된 일을 다른 일로 바꾼 것뿐일지라도 (이 점은 결코 명확하지 않은데) 벌을 받으리라는 매일매일의 두려움에서 영원히 벗어났다. 하지만 큰 변화가 우리를 사로잡았다. 우리가 누리는 즐거움이 줄지는 않았어도, 즐거움을 적어도 다르게 받아들이게 된 것이다. 수요일의 찬양고기가 금요일의 입맛을 당기게 하려면 이제는 피클이 필요하다. 나는 양고기를 붉은 사슴고기라고 상상하며 사냥꾼 이야기를 꾸며내서 최고의 양념보다도 맛있어하던 때를 기억한다. 다 큰 어른에게는 세상 어디에서든 찬 양고기는 찬 양고기일 뿐이다. 인간이 만든 어떤 신화를 동원해도 양고기가 더 맛있어지거나 맛없어지지 않는다. 양고기라는 적나라한 사실, 그 노골적인 실체는 매혹적인 허구를 쓸어내 버린다. 그러나 어린애는 여전히 음식에 황홀한 마술을 걸 수 있다. 아이가 동화책에서 어떤 음식에 대해 읽으면 그것은 일주일간 하늘에서 내려온 진미가 될 것이다.

먹고 마시고 운동하는 것을 좋아하지 않고 식욕도 없는 어른은 신체가 허약하므로 약을 먹어야 한다. 그러나 아이들은 원한다면 순수한 정신이 되어 공상의 세계에서 기쁨을 누릴 수 있다. 세상에 태어나서 몇 년간은 감각이 그 이후만큼 중요하지 않다. 포대기에 싸여 있던 유년기의 무감각에 배어 아이는 황금빛 안개 같은 것을 통해 사물을 보고 듣고 만진다. 사물이 잘 보이기는 하지만, 세밀히 보는 관찰력은 크지 않다. 아이들은 사물을 보는 즐거움을 위해서가 아니라 자기 나름의 목적을 위해 눈을 사용한다. 되돌아보면 내가 가장 선명하게 보았던 것은 그 자체로 아름답기보다는 놀이에 실제로 이용할 수 있다고 여겨져 흥미롭거나 탐나는 것이었다. 또한 아이들의 촉각은 어른만큼 완벽하고 예리하지 않다. 옛 기억을 돌이켜 보면 여러분이 기억하는 감각이 약간 모호하고 여름날 열기나 침대 속의 편안함처럼 무디고 막연한 느낌에 지나지 않음을 알 수 있다. 물론 여기서 여러분은 쾌적한 감각을 알아차릴 것이다. 압도적인 고통(인생의 가장 치명적이고 비극적인 요소이자 인간 영혼과 육신의 진정한 지휘자)은 슬프게도 우리 모두에게 전횡을 휘두른다. 고통이라는 무례한 손님은 전쟁터를 지배하고 투덜거리는 불멸의 전쟁 신을 자기 아버지에게 보내듯이, 아이가 꿈속에서 거니는 아름다운 정원에도 틀림없이 침입한다. 철학과 마찬가지로 순진함은 이 쓰라린 아픔에서 우리를 보호할 수 없다. 미각에 대해 말하자면, 어린애의 입을 즐겁게 해 주는 순수한 설탕의 과잉을 염두에 둘 때, 미각을 더 어른스러운 성장의 한 가지 특징으로 생각하는 것은 "그리 냉소적이고 신랄한 판단이 아니다." 후각과 청각은 더 향상된다. 나는 냄새와 목소리, 숲속에 울리던 봄철의 노래를 많이 기억한다. 그러나 기쁨을 얻는 수단으로서 청각은 대단히 발달될 수 있다. 그리고 새들의 노래에 입을 벌리고 경탄할 때와 유기적으로 구성된 음악을 들을 때의 감정은 천지 차이다.

나이 들어 가면서 감정이 점점 명확해지고 강렬해짐과 동시에 지성의 영역에서도 차차 또 다른 변화가 일어난다. 그 변화로 만물이 변모하고, 채색된 창문을 통하듯 이론과 연상을 통해 보인다. 우리는 매일매일 역사나 잡담이나 경제적 추론이나 그 밖의 것들로 생활 환경을 만들고, 그 안에서 걷고 그것을 통해 내다본다. 어릴 때와 다른 눈으로 진열창을 살펴보며 경이감은 절대 느끼지 않고, 늘 경탄하지도 않으며, 앞뒤가 맞지 않고 보잘것없는 인생관을 만들고 수정한다. 이제는 군복에 관심을 두지 않는다. 어쩌면 어떤 여자의 우아한 몸가짐이나 열정이 선명하게 뇌리에 각인되고, 얼굴의 주름살에 적힌 모험담에 관심이 끌린다. 놀라움의 기쁨은 사라져 버렸다. 막대 사탕이나 물수레를 보아도 시들할 뿐이다. 우리는 모험을 하거나 사람들과 어울리기 위해 거리를 거닌다. 아주 많은 사람들이 그저 이동하기 위해서나 활발한 소화 작용을 위해 거리를 걷는다는 것은 부정할 수 없다. 이런 사람들은 실로 어린 시절을 돌아볼 때 만감이 교차할 것이다. 그러나 나머지 사람들은 나은 처지에 있다. 그들은 어린 시절보다 많이 알고, 잘 이해하며, 감각의 자극에 욕망과 공감이 더 빠르게 반응하고, 흥미로운 마음으로 세상을 돌아다닌다.

내 주장대로라면 아이들은 이런 수준으로 도약할 수 없다. 어린애는 기분 좋게 무감각한 상태로 유모차에 앉아서 유모가 미는 대로 끌려 다닌다. 모호하고 흐릿한 경이감에 줄곧 사로잡혀 있다. 주위에서 물수레나 근위병처럼 특히 눈에 띄는 사물이 의식을 파고들어 눈 깜박할 동안 의식을 일깨운다. 그러고 나면 운명처럼 무자비한 유모에 의해 앞으로 비스듬히 끌려가면서 그 빛나는 대상이 지나간 곳을 계속 응시한다. 몇 분 지나서 또 다른 움직이는 구경거리가 다시 현실 세계를 의식에 일깨워 준다. 다른 아이들에 대해서는 거의 언제나 재빨리 이해하고 공감을 드러낸다. 아이는 "저기 멋진 애가 진흙 만두를 빚고 있어. 저건 알 수 있어. 진흙 만두는 중요하니까."라고 말하는 듯하다. 하지만 어른들의 행위에 대해서는 선명하게 아름답거나 쉽게 모방할 수 있어서 매력적인 경우가 아니면, 전혀 관심을 두지 않고 (흔히 말하듯) 머리 위로 날려 버린다. 지속적으로 모방하는 것만 빼면 아이들이 어른을 노골적으로 경멸하며 야만적으로 억세고 어리석은 생물로 여긴다고 느껴질 정도다. 야만적인 궁정의 철학자처럼 아이들이 야만인들에게 순종하며 그 가운데 머물러 주기로 했다고 말이다. 실제로 아이들은 때로 어처구니없을 정도로 오만하게 어른을 무시하기도 한다. 한번은 내가 통증이 심해서 큰소리로 신음할 때 어린 신사가 방에 들어와서는 자기 활과 화살을 보았느냐고 무심하게 물었다. 그는 내 신음에 조금도 아랑곳하지 않았고, 그가 받아들여야 하는 많은 것처럼 이해할 수 없는 어른의 행위로 받아들였다. 그러고는 현명한 어린 신사답게 그런 일에 호기심을 낭비하지 않았다. 아이는 합리적 즐거움에 대한 관심이 거의 없고 남들의 합리적 즐거움을 방해하기도 하는 어른을, 우리가 우주의 계획을 받아들이듯이 이해하지 못하지만 불평 없이 받아들였다.

어른들은 이야기를 늘어놓으며 방패가 울리도록 치고 박고, 멀리 신속히 달려가고, 결혼하고, 쓰러지고, 죽으면서도 난롯가에 조용히 앉아 있거나 침대에 엎드려 있을 수 있다. 어린애는 그리할 수 없고, 적어도 흥밋거리가 있으면 그리하지 않는다. 아이는 인체 모형과 소도구를 가지고 모든 것을 만들어 낸다. 이야기가 전투에 이르면 벌떡 일어나서 칼을 대신할 무언가를 들고 숨이 찰 때까지 가구와 싸움을 벌여야 한다. 국왕의 사면을 전하려고 말을 달리게 되면 가랑이를 벌리고 의자에 걸터앉아야 하고, 급하게 말을 몰아가며 내리치다가 맹렬히 서두르는 바람에 피투성이는 아니더라도 적어도 시뻘건 얼굴로 도착한다. 그의 모험에 절벽에서 일어나는 사건이 포함되어 있으면 몸소 서랍장에 올라가서 카펫 위로 떨어져야만 상상력이 충족될 것이다. 납 병정이나 인형, 간단히 말해 모든 장난감이 같은 범주에 속하고 동일한 목적에 들어맞는다. 그 무엇도 아이의 믿음을 무너뜨릴 수 없다. 아이는 꼴사

나운 대체물도 기꺼이 받아들이고 가장 두드러진 모순도 곧이곧대로 받아들인다. 그가 방금 성으로 여기고 포위했거나 용으로 간주하고 용감하게 베어 버린 의자가 오전에 방문할 손님의 편의를 위해 치워지더라도 전혀 무안해하지 않는다. 그는 고정되어 있는 석탄 통과 몇 시간이고 승강이를 벌이고, 마법에 걸린 정원에서 그날 저녁거리로 차분히 감자를 캐는 정원사를 보더라도 큰 충격을 받지 않을 수 있다. 아이는 자기 이야기에 맞지 않는 것을 전부 빼 버리고, 냄새가 고약한 길에서 우리가 코를 움켜잡듯이 눈을 감아 버린다. 그러므로 어린애는 매일 수백 곳에서 어른들과 마주치지만, 같은 방향으로 가는 경우는 결코 없고, 같은 영역에 머무는 일도 없다. 전신선과 도로 선은 그런 식으로 교차할 테고, 동일한 지역을 찾는 풍경화가와 부랑자도 그런 식으로 서로 다른 세계에서 움직일 것이다.

이런 광경에서 깊은 인상을 받는 사람들은 어린애의 강렬한 상상력에 감탄한다. 실로 아이의 상상력에 대해서는 두 가지를 말할 수 있다. 어린애가 드러내는 것은 일면 평범한 공상일 뿐이다. 동화를 만드는 것은 어른이다. 아이들은 동화를 선망하며 간직할 뿐이다. 『로빈슨 크루소』가 어린애들에게 인기가 있는 수십 가지 이유 중 하나는 다음과 같은 점에서 아이의 수준에 꼭 들어맞는다는 점이다. 크루소는 늘 임시변통으로 꾸려 가고, 많은 말로 '놀이하듯이' 다양한 일을 한다. 게다가 이 책은 도처에서 도구를 다루는데, 도구처럼 아이를 즐겁게 해 주는 것도 없다. 망치와 톱이 필요한 활동은 분명 모방을 유도한다. 가장 오래된 희곡 형식의 청소년 서정극은 "서리 내린 추운 아침에"라는 반복적인 후렴구에 맞춰 인간의 행위를 연속적으로 흉내 내는데, 이는 아동의 예술 취향을 잘 예시한다. 또한 아이들의 놀이에 명시적 행동과 인물 모형이 필요하다는 사실은 어린애가 내밀한 마음속에서 꾸며낸 이야기를 실행에 옮기지 못하도록 가로막는 상상력의 결함을 입증한다. 아이는 세계와 인간에 대해 잘 알지 못한다. 아이의 경험은 불완전하다. 우리가 기억이라 부르는 무대 의상과 장면이 너무 부족해서 아이는 외부의 도움 없이 극소수의 조합을 잡아서 극소수의 이야기를 구현하고 만족할 뿐이다. 아이는 실험 단계에 있다. 어떤 상황에서 사람이 어떻게 느낄지를 알지 못한다. 그것을 확실히 알 수 있으려면 가능한 수단으로 가급적 유사하게 시도해야 한다. 그래서 어린 영웅은 나무칼을 휘두르고 엄마들은 작대기를 묶어 휘두르는 것이다. 지금으로는 아주 우습게 보이지만, 바로 이런 인간과 이런 생각이 머지않아 인생의 무대에 오를 때 여러분을 울리고 떨게 할 것이다. 아이들은 수염 난 남자와 결혼 적령기의 여자들과 거의 동일한 생각을 하고 동일한 꿈을 꾸기 때문이다. 어느 쪽도 더 낭만적이지 않다. 아이들은 명성과 명예, 젊은이의 사랑과 엄마의 사랑, 사업가가 체계적 과정에서 느끼는 기쁨, 이 모든 것과 다른 것들을 예상하고 놀이에서 시연한다. 훨씬 나이를 먹어 운명의 실타래를 잘 다루는 우리를 어쩌다 흘끗 쳐다보고는 자신이 모방하고 재현하는 것에 대한 암시를 얻을 뿐이다. 병정놀이를 하는 두 아이는 자기들이 열심히 흉내 내는 진홍색 군복 차림 군인보다 서로를 더 흥미롭게 여긴다. 이것이 가장 기묘한 부분이다. "예술을 위한 예술"이 아이들의 좌우명이고, 어른의 행위는 놀이의 원재료로서 흥미로울 뿐이다.

테오필 고티에[100]나 플로베르가 인생을 냉담하게 바라보고 실제보다 재현을 중시했더라도 아이들에게는 비할 수 없다. 아이들은 사형 집행이나 임종 장면, 나인의 젊은이[101]의 장례식을 더없이 쾌활하게 풍자할 것이다.

물론 진지한 예술에서는 놀이와 유사한 것을 찾을 수 없다. 예술이 놀이에서 유래하기는 했지만 그 자체가 추상적이고 비개인적이며, 아동기의 영역을 넘어서는 철학적 관심사에 대체로 좌우되기 때문이다. 우리는 허황한 공상에 빠져 스스로 만든 모험담의 주인공이 될 때마다 유년기의 정신으로 되돌아간다. 다만 몇 가지 이유 때문에 그 정신에 탐닉하는 것이 더는 그리 유쾌하지 않다. 지금은 이 개인적 요소를 공상에 끼워 넣을 때 불편하고 슬픈 기억이 일어나고 옛 상처가 날카롭게 떠오른다. 우리의 공상은 이제 『아라비안 나이트』의 이야기처럼 허공에 떠 있을 수 없다. 그 공상은 우리가 직접 참여했던 시기의 역사처럼 느껴진다. 불행한 길과 수없이 마주쳤고 우리의 행위에 대해 따끔한 질책을 받았던 시기의 역사처럼. 그런데 아이는 뭐랄까, 제 역할을 온몸으로 해낸다. 그역을 그저 재연하는 것이 아니라, 뛰어 오르고 달리고 온몸에피가 끓게 한다. 그래서 놀이는 아이의 정신을 구현한다. 아이는 어떤 열정을 품는 즉시 그것을 발산한다. 슬프게도 우리는난롯가에 조용히 앉거나 침대에 비스듬히 누워서 어떤 지적

---

100 프랑스의 시인이자 소설가(1811~1872). 예술의 공리성을 배격하고 형식미를
     존중하여 "예술을 위한 예술"을 주장했다.

101 「누가복음」과 「요한복음」에 나오는 나인 성 과부의 아들 나사로에 대한 언급.
     예수는 그를 죽은 지 사흘 만에 되살린다.

놀이에 열중할 때 발산할 수 없는 격렬한 감정을 많이 일깨운다. 사물 그 자체를 추구하는 성숙한 마음은 대체물을 받아들일 수 없다. 적과 나누는 의기양양한 대화를 시연하는 것이 손에 넣을 수 있는 가장 만족스러운 대본이더라도 전적으로 만족스럽지 않고, 결국 의기양양함과는 정반대의 잡담이나 면담으로 나아가기 쉽다.

아동의 모호한 감각 세계에서 놀이는 그 자체가 전부다. '가장'이 아동 삶의 골자다. 아이는 산책을 나갈 때도 어떤 역을 연기한다. 과거에 나는 적합한 무대를 가정하지 않고는 알파벳을 배울 수 없었고, 사무실에 있는 사업가인 척해야만 차분히 앉아서 책을 읽을 수 있었다. 여러분도 기억을 돌아보고, 놀이든 일이든 맑은 정신으로 성실하게 한 것은 얼마나 되는지 그리고 얼마나 많은 경우에서 뭔가를 꾸며내어 스스로를 속여야 했는지를 되짚어 보라. 실은 아무것도 없었지만 태운 코르크로 그린 콧수염이 있는 척하며 뿌듯함과 위엄과 자신감을 느꼈던 일을 바로 어제 일처럼 나는 생생히 기억한다. 아이들은 이른바 현실을 기꺼이 무시하고, 실체보다 그림자를 좋아한다. 명료하게 말할 수 있으면서도 몇 시간씩 무의미한 말을 재잘거리고, 프랑스어로 말하는 척하면서 아주 재미있어한다. 이미 말했듯이 배가 고파서 식욕을 참을 수 없어도 옛 노래의 후렴구에 매료되어 허기를 완전히 잊고 만다. 그뿐 아니다. 아이들이 모여 있을 때면 식사도 일상의 용무를 방해하는 것으로 여겨진다. 아이들은 상상 속에서 허락을 받고, 먹고 마시는 단순한 과정을 설명하고, 윤색하고, 재미있게 해 줄 이야기를 스스로에게 들려주어야 한다. 나는 찻잔 무늬에서 이끌어 낸 너무도 경이로운 공상을 들은 적이 있다! 그 무늬에서 규칙 체계와 흥미진진한 세계가 나왔고, 마침내 차를 마시는 일이 놀이의 반열에 오르게 되었다. 나는 사촌과 아침에 오트밀 죽을 먹을 때 재미있게 먹을 방법을 고안해 냈다. 그는 죽에 설탕을 뿌리면서 눈 속에 파묻히는 시골이라고 말했다. 나는 우유를 부으며 차차 물이 불어나 고생하는 시골이라고 말했다. 여러분은 소식을 주고받는 우리 모습을 상상할 수 있을 것이다. 여기 있는 섬은 아직 잠기지 않았고, 이곳 마을은 아직 눈에 덮이지 않았으며, 어떤 대책이 고안되었고, 그의 마을 주민들은 높은 곳의 오두막에 살면서 죽마를 타고 이동했고, 내 마을 주민들은 늘 선상에서 살았다. 마지막으로 안전한 귀퉁이가 사방에서 부서지며 매순간 점점 작아지면 맹렬한 흥미가 일었다. 요컨대 음식은 부차적이었고, 우리가 이런 공상으로 흥미를 돋우는 동안 맛이 고약해졌을 터다. 내가 음식을 먹으며 가장 흥미진진했던 순간은 송아지 족발 젤리를 먹었을 때였다. 젤리 속 어딘가는 비어 있어서 내 숟가락이 곧 황금빛 바위의 비밀 성궤를 드러낼 거라고 믿었다. 나는 그 환상을 확인하려기보다는 묘미를 돋우기 위해서 할 수 있는 것을 다했다. 난쟁이 붉은 수염[102]이 그 안에서 때가 되기를 기다리고 있을지 모른다. 사십 인의 도적[103]의 보물과 당황해서 벽을 두드리는 카심을 볼지 모른다. 그래서 나는 숨을 죽이고 긴장감을 맛보며 천천히 파냈다. 사실 젤리를 음미하려는 입맛은 이미 사라져 버렸다. 거기에 크림을 넣어 먹으면 맛이 더

---

102   고대 노르웨이의 신화에 나오는 중요한 신 소르.

103   『아라비안 나이트』에 나오는 이야기 「알리 바바와 사십 인의 도적」

좋지만 그러면 투명한 금이 흐릿해졌기에 나는 종종 크림 없이 먹곤 했다.

게임에서도 이런 마음은 온건한 아이들에게 극히 중요하다. 그래서 숨바꼭질이 최고의 권위를 갖고 있다. 이 놀이는 모험담의 원천이고, 여기서 이는 행동과 흥분은 거의 어떤 이야기에나 적합하기 때문이다. 크리켓은 내용도 목적도 없는, 그저 손재주에 달린 게임이므로 대개 아이의 갈망을 채워 주지 못한다. 굳이 말하자면 크리켓은 게임이기는 하지만 놀이 게임은 아니다. 크리켓에 대해서는 이야기를 만들어 낼 수 없고, 거기에 필요한 행위를 합리적 이론으로 정당화할 수 없다. 축구는 치열한 경쟁과 일진일퇴를 감탄스럽게 모방하지만 박진감을 추구하는 까다로운 아이에게는 어려운 문제다. 내가 아는 한 소년은 공에 대해 몹시 고민했고, 축구를 할 때마다 정교한 마법 이야기를 꾸며내서 기운을 얻고는 날아가는 공이 두 아랍 국가의 전쟁에서 주고받는 부적 같은 것이라고 상상해야 했다.

이런 마음 상태를 생각해 보면 아이를 키우는 것이 불안해진다. 아이들은 신화시대에 머물러 있고, 부모와 동시대를 살지 않는다. 아이들은 부모를 어떻게 생각할까? 자기의 놀이를 무시하는, 수염이 났거나 속치마를 입은 거인들을 어떻게 이해할까? 사리에 맞는 즐거움과는 동떨어진 미지의 계획에 따라 구름에 가린 올림포스 산에서 움직이는 자는 누구인가? 아이들에게 한없이 다정한 우려를 표현하면서도 이따금 높은 곳에서 손을 아래로 뻗어 연장자의 특권을 무섭게 주장하는 자는 누구인가? 따끔거리는 몸으로, 하지만 반항하는 마음으로 아이는 자리를 뜬다. 부모처럼 터무니없는 신이 과연 있을까? 있는 그대로 아이의 감정이 어떤지를 알 수 있다면 나는 많은 것을 내놓을 용의가 있다. 과거의 사탕발림에 대한 기억, 기껏해야 아주 희미한 신체적 이끌림, 특히 아직 경험하지 못한 나머지 인간에 대한 공포감에 아이는 매료될 터다. 혼란스럽게 소용돌이치는 세계를 앞에 둔 가엾고 어린 마음이 자기가 아는 손에 매달리는 것은 놀랍지 않다! 아이들의 눈에 무시무시하고 불합리하게 보이는 것을 우리는 너무도 쉽게 잊으려 한다. '아, 대체 왜, 우리는 행복하게 놀이에 전념할 수 없을까?'라고 열렬히 생각했던 적이 있다. 아이들이 진지하게 사색할 때는 대체로 같은 취지에서라고 믿는다.

이로써 적어도 한 가지는 아주 명료하게 드러난다. 우리가 어린애에게 무엇을 기대하든 간에, 사실 문제에 관해 하찮은 정확성을 요구해서는 안 된다는 점이다. 아이들은 안개와 무지개 속에서 허황한 쇼를 상연한다. 그들은 꿈을 열렬히 추구하고 현실에 대해서는 무심하다. 말하기의 어려운 기술은 아직 완전히 익히지 못했다. 그들의 경험이나 목적에는 관념적 진실성이라는 말의 의미를 배울 것이 존재하지 않는다. 어떤 고약한 작가가 반백 년의 세월을 회고할 때 정확하지 않더라도 우리는 그를 무능하다고 비난하지 부정직하다고 비난하지 않는다. 그렇다면 왜 말솜씨가 불완전한 사람을 똑같이 참작해 주지 않는가? 주식 중개인이 시에 둔감하기 그지없고 시인이 세세한 사항에 정확하지 않더라도 우리는 그들을 진심으로 너그럽게 봐주고 비난하지 않는다. 그런데 하는 일이라고는 목욕통을 요새화된 마을로 간주하고 면도용 솔을 단도로 여기며 여가 시간의 사 분의 삼은 공상으로 보내고 나머지 시간은 노골적인 자기기만으로 보내는, 아직 바지를 입지 않는 가련한 인간이 있다고 하자. 우리는 그가 사실 문제에 증거를 제시하는 전문 과학자처럼 엄밀하기를 기대하지만, 정말이지 그것은 온당치 못한 일이다. 어린애는 아주 조금밖에 보지 못하고, 또 자기가 본 것을 아주 신속히 혼란스러운 허구로 엮어 낸다는 점을 고려하지 않은 소치다. 또한 여러분이 용처럼 생긴 생강 쿠키에 관심이 없듯이 아이가 이른바 진실에 관심이 없다는 사실을 고려하지 않은 것이다.

이렇게 쓰다 보니 어린애가 동화의 진실성에 대해서는 캐묻기 좋아한다는 생각이 떠오른다. 하지만 실로 이것은 전혀 다른 문제이고, 세상에서 찾을 수 있는 놀이의 내용과 재미있는 정도, 놀이로 만들 수 있는지의 여부에 결부된 문제다. 아이를 키우는 과정에서 이와 같은 열렬한 질문이 쏟아져 나올 것이다. 이 지구의 동물군에 귀여운 병정과 무시무시한 아일랜드인 거지가 이미 존재하고 있으니 푸른 수염의 사나이[104]나 코모란[105] 같은 이도 있으리라고 생각할 수 있지 않을까? 친절하고 강력한 마술사를 찾을 수 있지 않을까? 무인도에 조난당하거나 병정 인형과 함께 장난감 범선을 타고 유람할 수 있도록 몸집을 줄일 수 있지 않을까? 확실히 이런 질문들은

---

104 프랑스 전설에서 여섯 명의 아내를 죽인 잔인한 남자.

105 영국 콘월의 민담에 등장하는 거인으로 내륙의 화강암을 떼어 와서 섬을 만들었다고 한다.

놀이를 바라며 인생을 시작한 신참자에게 현실적인 문제다. 아이는 이런 문제의 정확성을 이해한다. 그러나 여러분이 아이에게 최근 행동에 대해 물어본다면, 가령 누가 돌을 던졌는지 누가 성냥을 그었는지 아이가 꾸러미 안을 들여다보았는지 금지된 길로 갔는지를 묻는다면, 아이는 이런 질문이 중요하다고 여길 수 없고 십중팔구 이미 절반은 잊었고 절반은 이어지는 상상에 넋을 잃었을 터다.

아이들이 너무나 귀엽게, 꽃처럼 예쁘고 강아지처럼 순진하게 등장하는 고향 꿈나라에 머물게 내버려 두면 편하다. 머지않아 그들은 자신의 정원에서 나와 사무실에 가야 하고 증인석에도 가야 한다. 오, 양심적인 부모들이여, 한동안 아이들을 너그럽게 대하라! 아직은 장난감들 가운데서 잠시 졸게 하라! 앞으로 거칠고 전투적인 삶이 그들에게 전개될지 누가 알겠는가?

가스등을 위한 간청

　도시를 생각해 볼 때 문제는 도시에 불을 밝히는 일에 있다. 하늘에서 선도적 발광체가 철수할 때, 우리는 과학 시대에 살고 있으므로 다른 말로 하자면 회전하는 우리 혹성이 태양에 등을 돌릴 때, 개개의 시민을 그 주거지 주위에서 어떻게 이끌어 갈 것인가? 물론 달은 이따금 큰 도움이 되었다. 별은 굴뚝 구멍들 사이로 쾌활하게 반짝였다. 교회나 성채 위의 횃불은 여기저기서 그림처럼 멋지게 보였고, 울퉁불퉁한 땅에서 오른손을 내밀어 길 저문 나그네를 인도했다. 그러나 옛 신문을 근거로 말하자면 해와 달, 별이 사라지거나 숨어 버리면 밤길을 가는 주민들은 이 층 높이의 고정된 등롱에 의존해야 했다. 이 움직이는 등대의 원뿔형 포탑 지붕에 뚫린 많은 구멍에서 빛이 쏟아져 나와 그것을 든 사람을 눈부시게 했다. 으스스한 어둠 속에서 그가 고리에 손가락을 걸어 자신의 태양을 운반하며 걸음을 내디딜 때, 그의 발자국 주위로 빛과 어둠이 이리저리 위아래로 흔들렸다. 칠흑 같은 어둠이 길에서 떠나지 않고, 걸어가는 그를 도깨비들이 에워쌌다. 소등을 알리는 종소리가 울리면 빛이 보이지 않아도 읍을 지나 왔음을 깨달았다.

불 꺼진 세계에서 이동하는 등롱 시대에 이어 곧 기름등 시대가 되었다. 불을 붙이기는 어렵지만 끄기는 쉽고 켜진 동잔 안에서 흐릿한 불길이 너울거렸다. 하늘에서 바람이 거칠게 불어 대고, 모든 것을 망가뜨리는 개구쟁이가 장난치러 기어 올라가면, 보라! 순식간에 깜깜한 밤이 다시 텅 빈 제국을 세우고, 저녁은 먹었지만 잠자리를 찾지 못한 시민들은 인도의 손길을 잃고 유감스럽게도 도랑에서 허우적거리며 더듬더듬 벽을 따라갔다. 장난을 좋아하는 바람과 개구쟁이만으로는 충분하지 않은 듯이, 사람들은 이 흐릿한 발광체를 잔디밭 너머 다른 집으로 던지곤 했다. 자, 보이지 않는 밧줄에 매달아 그것을 휘둘러 보라! 목을 길게 뺀 어떤 장군이 나라의 운명을 재촉하는 맹렬한 원정길에 큰 준마를 타고 신속히 달려가면, 의심의 여지 없이 군인의 피와 욕설이 터져 나오고 유리창이 깨진다. 그 지휘관이 자줏빛 볏 모양의 모자를 쓰고 지나가면 거리는 다시 원래의 어둠으로 돌아가고, 조종사도 없고 항해할 수 없는 황량한 암흑의 영역이 된다.

보수주의자는 전후를 살펴보고 각각을 고려하여 만족스러운 내용을 끌어낸다. 가스등 시절에서 조금 뒤돌아가서 유랑하던 조상을 에워쌌던 캄캄한 어둠과 흐릿한 빛을 비교해 보면 그 대조에 그의 마음은 점점 명랑해진다. 진보와 중용을 찬양하는, 고상한 문체로 쓰인 시구가 그의 입술에서 억누를 수 없이 흘러나온다. 저녁나절 땅거미가 질 무렵 가스등이 도시를 따라 뻗어나가 주의 깊은 새들 눈에 도시의 지도를 처음으로 드러냈을 때, 사교와 공동의 향락에 새 시대가 열렸다.

그 시대는 적합한 상황으로 시작했고, 그 자체의 타고난 권리가 되었다. 프로메테우스의 업적이 또 한 걸음 성큼 나아간 것이다. 사람들과 그들의 저녁 파티는 이제 수킬로미터를 덮은 바다 안개에 좌우되지 않았다. 이제는 해가 져도 산책로가 텅 비지 않았고, 하루의 길이는 인간 각자가 원하는 만큼 길어졌다. 도시인에게는 자기만의 별, 길들여져 순종하는 별이 생긴 셈이다.

이 별이 그것의 원형만큼 안정적이지 않고 그만큼 밝지 않은 것은 사실이다. 또한 그 광채는 최고의 밀랍 양초만큼 우아하지 않다. 그러나 가스등은 더 가까이 있으므로 목성보다 실용적이고 유용하다. 또한 가스등이 창공에서 필요에 따라 하나씩 켜지는 별처럼 고유하게 자발적으로 빛을 발하지 않는 것도 사실이다. 그러나 가스등을 켜는 점등원은 매일 저녁 부리나케 움직였고 즐거운 마음으로 달렸다. 이렇게 천체의 정확성을 흉내 내려는 사람의 모습은 근사한 광경이었다. 아직 완벽하지 못해 이따금 허둥대는 점등원의 사다리에 머리를 맞은 사람도 있었지만, 사람들은 그의 열정을 칭찬하여 격언을 만들고 "가스등 점등원에게 신의 가호가 있기를!"이라고 말하도록 자녀를 가르쳤다. 아이들은 그가 지나가는 것이 하루 일과에 들어 있었기에 즐겁게 축복의 말을 되풀이했다. 물론 많은 단어를 사용하지는 않았다. 그랬더라면 부적절했을 것이다. 아이들은 어린애 입술에 알맞게 간결한 말로 에둘러 말했다.

진정코 점등원에게 신의 축복이 있기를! 땅거미 속에서 부지런히 일할 시한이 거의 다 되었기 때문이다. 거리를 재빨리 달려가며 일정한 간격을 두고 어스름 속에서 빛나는 구멍을 만들어 내는 그의 모습을 오래지 않아 보지 못하겠기 때문이다. 그리스인들은 그런 사람에 관해 고귀한 신화를 만들었을 것이다. 그가 별빛을 어떻게 나누었는지, 필요하지 않으면 어떻게 다시 모았는지를. 온 교구를 밝힐 만큼의 불꽃이 담긴 작은 꼬마 등불은 그 전설에서 그의 도구로서 적절한 찬사를 받았을 것이다. 모든 영웅적 과업이 그러하듯이 이제 그의 노고는 절정으로 치달아 승리의 빛을 받으며 사라질 것이다. 또 다른 진전이 이루어졌기 때문이다. 우리에게 길들여진 별은 앞으로 하나씩 나타나지 않고 모두 함께 단번에 나타날 것이다. 어딘가 뒤쪽의 사무실에서 차분한 기술자가 용수철을 건드리면, 보라! 도시의 한끝에서 다른 끝까지, 동쪽에서 서쪽까지, 알렉산드라에서 수정궁까지 빛이 밝혀진다! 빛이 있으라! 그 차분한 기술자가 말한다. 맑고 어스레한 황혼에 햄스테드 언덕 기슭에서 보면 얼마나 대단한 장관일까! 눈 깜박할 순간에 거대한 도시의 형태가 번쩍 드러나고, 수제곱킬로미터 크기의 상형 문자가 반짝인다. 어떤 이미지를 변용하자면, 저녁 무렵에 거리의 가로등이 다 함께 노래를 시작한다! 미래의 장관은 바로 이러할 텐데, 일전에 펠멜 거리에서의 실험으로 그 서막이 올랐다. 전기로 별이 뜨는 것은 문명의 가장 낭만적인 도약이자, 수많은 공장과 은행의 직원에게 지급되는 보조 수당이다. 설미어 호수에 관해 시심을 발휘한 예술적 정신의 소유자에게 이는 한 조각 위안이 된다. 적어도 통찰력 있는 눈으로 세상을 내다보고 아름다움이 나타나는 곳에서 만족하며 받아들이는 사람에게는 위안을 준다.

그러나 보수주의자는 진보를 찬미하면서도 혁신을 두려워한다. 그는 손을 들어 한숨 돌리기를 권하고, 점진적인 진전을 권유하는 신호를 보낸다. '전기'라는 단어는 이제 위험한 음조를 띤다. 이제 밤마다 파리에서, 파사주드프랭의 입구에서, 오페라 극장의 입구 앞에서, 드루오 거리의 피가로 신문사에서, 도시의 새로운 별이 무시무시하고 섬뜩하며 눈에 불쾌한 빛을 발한다. 악몽을 비추는 등불이다. 이런 빛은 오로지 살인과 공공 범죄의 현장이나 정신병원의 복도를 비춰야 한다. 그것은 공포를 고조시키는 공포다. 그 빛을 한 번만 보면 가스등을 사랑하게 된다. 가스등은 식탁에 어울리는 가정적이고 따스한 빛을 발하기 때문이다. 인간이 프로메테우스가 훔쳐다 준 것에 만족하고, 마른번개를 사로잡아 길들이려고 높은 하늘을 연으로 뒤지지 않아도 되었으리라고[106] 여러분은 생각할 것이다. 그러나 여기 우리 집문 앞에서 번개가 번쩍인다. 앞으로는 지속적인 번개의 섬광을 받으며 산책을 나가야 한다고 한다. 그리 미신적이지 않은 사람이라도 날아가는 공포의 빛을 받으며 즐거운 일을 하자면 꺼림칙해지고, 그리 쾌락주의적이지 않은 사람이더라도 아름다운 얼굴이 더 매력적으로 드러나는 것을 좋아한다. 그 흉한 눈부신 섬광은 지옥의 인쇄소와 다름없이 중상모략을 일삼는 피가로 신문사를 광고하는 데 적합할 것이다. 차분한 기쁨이 넘치는 곳, 사람들이 모여 즐거움을 누리고 철학자는 미소를 지으며 가만히 바라보는, 사랑과 웃음과 성스러운 포도주가 넘쳐흐르는 곳, 그런 곳에는 적어도 과거의 부드러운 빛이 인간의 행실을 비추게 하라.

---

106 벤저민 프랭클린은 번개에서 전기를 끌어내기 위해 실제로 이런 실험을 했다.

연보

1850   11월 13일 에든버러에서 유명한 토목 공학자 집안의
독자로 출생.

1862~1863   부모와 함께 독일, 리비에라 해안 지방의 이탈리아
여행.

1867   공학을 공부하기 위해 에든버러 대학 입학.

1871   법학을 공부하기로 결정.

1872   스코틀랜드 법관 예비 시험 통과.

1873   신앙의 문제로 부친과 큰 불화를 일으킨 후 건강이
악화되어 서퍽에서 요양. 그의 인생에 큰 영향을 미
친 프랜시스 시트웰을 만남. 병이 깊어져 프랑스로
가서 요양.

1874   5월에 에든버러에 돌아가서 법학 공부를 다시 시작
함.《콘힐》에 기고.

1875   변호사 자격증을 땄지만 법정 변호사로 일하지 않고
프랑스 바르비종, 퐁텐블로에서 예술가 집단에 끼어
활동.

1876	프랑스 북부 운하 주위를 카누로 여행. 미국 인디애나 출신으로 두 아이가 있는 기혼 여성 패니 오즈번을 만남.
1877	런던, 에든버러, 퐁텐블로를 오가며 보냄.
1878	패니가 캘리포니아의 남편에게 돌아가서 이혼 절차를 밟기 시작함. 스티븐슨은 세벤 산맥 여행.『내륙 여행』과『에든버러: 그림 같은 기록』출간.
1879	3~4월에 중병을 앓은 후 패니를 만나기 위해 캘리포니아로 긴 여행을 떠남. 이 경험이 후에『아마추어 이주자』,『당나귀와의 여행』으로 발표됨.
1880	5월에 패니와 결혼. 내퍼의 광산촌 폐가에서 지내다가 스코틀랜드로 돌아와서 부친과 화해함. W. E. 헨리와 함께 첫 번째 희곡『집사 브로디』발표.
1881	스코틀랜드의 브라에마와 스위스의 다보스에서『보물섬』집필(《영 포크스》에 1881년 10월부터 1882년 1월까지 연재).『Virginibus Puerisque(게으른 자를 위한 변명)』발표.
1882	다보스에서 프랑스의 이에르로 옮겨 가서 1884년 7월까지 거주함.『일상적 인간 연구』와『새로운 아라비안 나이트』발표.
1883	『실버라도 무단 점유자』와『보물섬』발표.『검은 화살』연재(6~10월).
1884	1월에 니스에서 병을 앓고 5월에 더 심하게 앓은 후 영국으로 돌아가 남부 본머스에서 1887년 8월까지 거주. 헨리와 공저로『오스틴 기니』와『보 오스틴』발표.

1885	『유괴』집필 시작. 『어린이의 시 정원』, 『오토 왕자』, 『새로운 아라비안 나이트 후속작』발표.
1886	『지킬 박사와 하이드의 이상한 사례』를 발표하여 처음으로 큰 성공을 거둠. 『유괴』를 완결하여《영 포크스》에 연재.
1887	부친 사망 후 모친과 패니, 의붓아들 로이드와 함께 미국으로 여행. 건강 때문에 애디론댁 산맥의 호숫가에 머물며 『홍겨운 남자들과 다른 이야기』, 『기억과 초상화』, 『플리밍 젠킨의 회상록』발표.
1888	미국 스크라이브너 출판사로부터 남태평양에 관한 책을 의뢰받고 마르키스 제도, 투아모투 제도, 타히티, 하와이를 항해함. 『검은 화살』과 『존 니콜슨의 불운한 사고』발표.
1889	호놀룰루에 머물다 상선을 타고 길버트 제도와 사모아로 항해. 로이드와 함께 『난처한 처지』를 발표. 『벌란트레이 도련님』발표. 사모아에서 토지 구입.
1890	상선을 타고 태평양 동쪽과 서쪽 여행. 극심한 출혈을 동반하는 중병으로, 더 이상의 여행을 할 수 없게 됨. 『남태평양에서』와 『발라드』발표.
1891	『역사의 각주』집필 시작. 로이드와 『파괴자』집필.
1892	사모아의 정치에 관여하게 됨. 『평원을 가로질러』, 『역사의 각주』, 『파괴자』발표. 『유괴』의 속편 『데이비드 밸푸어(캐트리오나)』를 완성하여《애틀랜타》에 연재.
1893	사모아에 전쟁이 나고 스티븐슨은 마타파 국왕을 지지함. 『섬의 밤 오락』과 『캐트리오나』발표.

1894	마타파 부족이 감사의 표시로 '다정한 마음의 길'을 부설함.『썰물』발표. 12월 3일 뇌출혈로 사망.
1894~1896	에든버러판 전집 출간.
1896	『허미스턴의 위어』 사후 출판.

우리는 모두 마지막 유람 중

대중적 모험담 『보물섬』(1883)과 『지킬 박사와 하이드』(1886)의 작가로 유명한 로버트 루이스 스티븐슨(1850~1894)의 에세이를 번역하는 동안 이따금 천상병 시인의 시구가 떠오르곤 했다. "나 하늘로 돌아가리라./ 아름다운 이 세상 소풍 끝내는 날,/가서, 아름다웠더라고 말하리라……"(「귀천」) 스티븐슨과 천상병은 백 년의 시차를 두고 각각 서양과 동양에서 살아갔고 기질적으로나 작품의 성격에 있어서 극히 다르지만 죽음과 삶을 동일선상에 놓고 바라본다는 점에서 같기 때문이다. 천상병이 죽음 너머를 응시하며 인생에 대한 초연함과 관조를 노래한다면, 스티븐슨은 신화 속 시시포스처럼 삶의 헛된 노고를 인식하면서도 불굴의 용기와 열망으로 발을 내딛는 실존적 의식을 찬미한다.

중세 시대 유럽의 수도사들은 "네 죽음을 기억하라(memento mori)."를 모토로 삼고 죽음의 상징을 가까이 했다지만 우리는 대체로 삶의 귀결점이 죽음이라는 불변의 사실을 외면하고 눈감아 버린다. 스티븐슨이 「세 겹의 놋쇠」에서 말하듯이,

사람은 죽음을 그 무엇보다도 두려워하지만 일상생활에서는 거의 영향을 받지 않는다. 죽음의 그림자에 덮인 계곡에서 성냥 불꽃이 깜박이는 찰나를 살아가면서도 둔감하고 태연하다. 그러나 유한하고 불안정한 존재 상황의 인식이 지성의 출발점이고, 그 앞에서 주눅 들지 않는 것이 용기의 시작이라고 스티븐슨은 역설한다.

이 에세이들의 바탕에 죽음에 대한 인식이 깔려 있는 것은 마흔네 살에 요절할 때까지 평생 병고에 시달린 작가의 개인적 삶과 무관하지 않을 것이다. 또한 19세기 중반에 태양의 열이 식어 지구가 멸망하리라는 전망을 내놓은 열역학 제2법칙이나 인간이 맹목적 진화의 산물이라는 생물학 이론 등 지상의 삶에 관한 근본적 물음을 제기한 과학적 발견과도 무관하지 않을 것이다. 1000년 넘게 기독교적 질서로 안정된 세계관을 유지해 온 서구 세계는 당대 과학과 사회 과학, 인류학 등이 제기한 근본적 물음에서 자유로울 수 없었고 회의주의나 무신론, 염세론 등 다양한 방식으로 반응했다.(종교적 회의론자가 된 스티븐슨은 전통적 기독교 신앙을 고수한 부친과 갈등을 빚어 한동안 의절하기도 했다.)

「목신의 피리」에서 스티븐슨은 따스한 햇살로 만물에 생명을 불어넣으면서도 궁극적 죽음을 가져올 태양을 묘사하며 자연의 이율배반적 속성(목신의 양면성)을 제시한다. "키스에 죽음이 도사리고 있던 것이다." 생명과 죽음, 기쁨과 공포, 사랑과 분노가 공존하는 삶을 인식하다 보면 자칫 허무주의나 비관주의로 흐르기 쉽겠지만, 스티븐슨은 인생의 희로애락이 오히려 삶에 적극적으로 뛰어들게 한다고 말한다. 실존주의식으로 말하면 부조리한 상황을 직시하고 수용하는 인간 의식이 그 상황을 뛰어넘는다고 할까?

죽음을 정직하게 직시하며 인생을 조망할 때 과연 삶에서 중요한 것은 무엇일까? 여기 실린 에세이들은 이 물음에 대한 제각각의 답이라고 볼 수 있다. 「게으른 자를 위한 변명」도 이런 맥락에서 이해할 수 있다. 노동 윤리와 근면성이 최고 덕목으로 숭상되던 빅토리아 시대의 산업 사회에서 일에 치여 열망과 호기심을 잃고 생중사의 상태로 무기력하게 살아가는 것이 과연 바람직한 삶인가? 폭넓은 시각에서 볼 때, 개개인의 노동과 일은 얼마든지 대체될 수 있고 "소중한 청춘"을 바칠 만한 가치가 없다. 일보다 중요한 것은 행복이고, 스스로 행복함으로써 다른 사람들도 행복해지는 데 기여할 수 있다.

열심히 공부하고 일해서 성공하라는 것이 불문율로 통용되는 사회에서 게으름을 부리라는 권고는 허튼소리로 들리기 마련이다. 그러나 스티븐슨이 역설하는 것은 산업 사회의 지배적 가치와는 전혀 다른 것이다.(노동이 미덕이라는 믿음과 과잉 노동이 현대 사회에 미친 폐해를 지적하면서 스스로 선택한 활동에 전념하기 위한 조건으로서 게으름을 옹호한 버트런드 러셀의 「게으름의 칭송」(1932)과 『행복의 정복』(1930)도 동일한 맥을 잇는 주장으로 볼 수 있다.) 인생에서 최고의 선을 베푸는 사람은 즐거운 대화나 즐거운 표정으로 기쁨을 주는 친구들과 아이들, 행복한 남자와 여자다. 이런 사람들이야말로 행복의 씨앗을 뿌리고 선의를 널리 퍼뜨려서 인생이 살 만한 것이라는 믿음을 준다. 반면에 이득을 위한 노동에 몰두해서 소화 불량을 일으키고 정신 착란증을 겪기도 하며 주위에 짜증을 부리는 사람은 인생의 원천을 오염시키는 해로운 인물이다.

스티븐슨이 역설한 게으름이란 아무 일도 하지 않는 것이 아니라 정규 교육 과정이나 사회의 지배적 규범에서 인정되지 않는 일을 하는 것이다. 가령 길거리에서 실생활의 기술을 익히고 다양한 사람들의 다양한 의견에 접하고 대화술을 터득하고 자연에 몰입하기도 하는 등 사회의 정형화된 틀에서 벗어나 스스로 삶을 체험하고 가능성을 실험하는 자세를 뜻한다.

나이를 먹어 젊은 시절을 되돌아볼 때 가장 후회스러운 것은 무엇일까? 일을 더 많이 하지 못한 것일까 빈둥거리며 더 많은 것을 누리고 경험해 보지 못한 것일까? 스티븐슨은 「심술궂은 노년과 청춘」에서 이런 물음을 제기하면서 신중한 처신을 권하는 노인의 조언과 희망에 들뜬 젊은이의 관점을 대조한다. 전자는 삶에 환멸을 느낀 노인의 의견으로서, 후자는 삶에 매료된 젊은이의 의견으로서 둘 다 타당하다. 그러나 미래에 무엇이 다가올지도 모르면서 젊은 시절에 신중하게 처신하느라 열망과 기쁨을 포기하는 것은 어리석다. 젊으나 늙으나 인간은 모두 "마지막 유람 중"이고, 젊은 시절에는 삶에 열린 자세로 실험하고 모험하는 것이 가장 신중한 일이다.

삶에 대한 강렬한 열망과 호기심, 열린 자세는 인생이라는 모험에 반드시 필요한 조건이다. 열망과 호기심이 없다면 세상은 따분한 곳일 뿐이다. 그러므로 "열망이 큰 사람은 정신의 부자"(「엘도라도」)다. 설사 실현될 수 없는 일이더라도 희망을 품고 추구하는 과정이 진정한 행복이고 진정한 성공이다. 이런 추구는 그 자체로도 고귀할 뿐 아니라 용기와 활기찬 기백을 발산하여 다른 이들의 용기를 북돋아 줌으로써 세상을 이롭게 한다.

삶에 대한 스티븐슨의 예리한 직관과 통찰은 사랑과 결혼을 다룬 네 편의 에세이에서도 빛을 발한다. 그는 사랑을 "열정적 친절"로 정의할 수 있다고 말하며 그 격정적 감정의 (언뜻 납득하기 어렵지만 의미심장한) 본질을 지적한다. 사랑에 빠지는 뜻밖의 사건은 일상에 매몰되어 무감각해진 마음과 감수성을 일깨우고 인생에 대한 냉소적 주장을 반증한다는 점에서 이롭다. "사랑은 사랑을 맞으러 두 팔을 벌리고 달려 나가야" 하고 "두근거리는 가슴으로 같은 보조로 사랑에 빠지는 것이 가장 이상적이다."

하지만 결혼은 사랑과는 다른 문제다. 사랑이라는 격렬한 감정은 가정에서 길들이기 어렵기도 하고, 실제로 격정이 아닌 미지근한 감정으로 결혼에 이르는 경우가 많기 때문이다. 또한 습성과 가치가 다른 두 자아의 갈등과 충돌, 주도권을 쟁취하려는 투쟁이 일어날 수 있으므로 결혼은 "장미꽃밭"이 아니라 전쟁터다. 남성에게 결혼은 "죄과를 기록하는 천사를 가정에 들여놓는 일"이기도 하다. 그러므로 독신을 선호하는 남성이 많아지는 추세지만, 결혼에서 꽁무니를 빼는 것은 전쟁터에서 도망가는 것과 마찬가지다. 미덕을 발휘할 수 있는 기회를 회피하는 것은 용감하게 전진하다 쓰러지는 것보다 큰 실패이기 때문이다. 따라서 "친절과 관용"을 서로 베풀어야 하는 시합에서 불안감을 떨치고 믿음이라는 용감한 미덕을 포용하라고 스티븐슨은 역설한다.

빅토리아 시대에 여성을 "가정의 천사"라고 부르고 헌신적 사랑과 이해심의 화신으로 미화하며 그런 역할을 강요하는 경향이 있었음을 고려하면, 스티븐슨은 그런 이데올로기를 타파하고 있음이 분명하다. 여자가 탁월한 존재라는 말은 거짓이고 남자 못지않은 결함을 지닌 인간이다. "그녀의 연약한 인간적 심장은 당신의 심장보다 아름답게 뛰지 않는다." 나아가 여성은 "죄과를 기록하는" 심판관으로서 남편이 저지른 잘못을 단죄하고 동시에 그 잘못으로 인해 고통받는 희생양이 되기도 한다.

스티븐슨은 결혼 관계의 실상을 남성의 시각에서 기술하면서도 예리한 분석과 통찰을 드러낸다. 가령 여성을 미화하는 이데올로기뿐 아니라 사회적으로 조장된 성적 차이가 부부간의 이해를 어렵게 한다는 것이다. "각 성의 고유한 자질은 상대에게 영원히 놀라운"데, 이 본래적 차이가 교육과 지배 이념에 의해 더욱 확대되어 양성을 한층 이질적 존재로 만들어 놓는다. 이런 장애를 넘어 진정으로 서로를 이해하고 진실한 관계를 이루려면 무엇보다도 진실한 감정을 전하는 것이 중요하다. 그러려면 감정을 진솔하게 전하는 언어 구사력이 발달되어야 하고 감정에 호응하는 표정과 제스처, 즉 몸의 언어를 잘 구사할 수 있어야 한다. 무엇보다도 "상대를 이해하려고 노력"을 기울일 때만 우리 마음도 이해를 받을 수 있다. 이것이 세상사의 공정한 원칙이다.

스티븐슨은 개인의 의견이나 신념의 상대적 진실성에 대해서도 놀라운 혜안을 보여 준다. 의견이란 형성되는 과정에 있을 뿐이고, 공들여 세운 견해도 한낱 인상에 지나지 않는다. 시간과 더불어 개인의 정체감이나 특성이 달라지므로 스무 살적 견해를 마흔에도 유지한다면 이십 년간 고집불통으로 살아온 셈이다. "진정한 지혜란 늘 시의 적절한 것이고, 변화하는 환경에서 선선히 달라지는 것이다."(「심술궂은 노년과 청춘」) 어떤 문제에서도 절대적 진실은 없고 양면이 존재한다. 역사는 이 사실을 보여 주는 긴 예증이지만 광신자는 이 위대한 진실을 무시하고 해결책은 하나뿐이라고 주장한다. 수많은 의견과 다양한 진실이 공존하는 이 세상에서 필요한 일은 "다르다는 데 공손하고 정중하게 동의하는 것"이고 이것만이 "순수한 동의의 평온한 노래"라고 스티븐슨은 말한다. 수많은 진실이 첨예하게 대립하고 충돌하는 현 세태에서 서로 다르다는 데 동의하라는 메시지는 깊이 새겨야 할 전언이 아닐까 싶다.

스티븐슨은 일상의 이모저모를 그려 낼 때도 인간의 심리나 동기에 대한 흔치 않은 통찰을 보여 준다. 「영국 제독」에서는 영웅이 고귀한 행동을 하는 동기가 명예욕이 아니라 그런 행동에서 만족감을 느끼기 때문임을 설파하고, 「아이의 놀이」에서는 늘 무언가를 가장하면서 일상사를 놀이로 바꾸는 아동의 환상 세계를 고찰하며, 「남부 여행」에서는 병자의 감정적 변화를 추적하고, 「레이번의 초상화」에서는 스코틀랜드의 한 시대 인물들을 공감적으로 회고하고, 「도보 여행」에서는 난롯불 앞에서 생각에 잠겨 관조의 기쁨을 노래하며, 「가스등을 위한 간청」에서는 가스등이 전기불로 교체되던 시절에 에든버러의 아름다운 가스등을 찬미한다. 그의 깊고 예리한 눈은 일상의 표피에 가려진 의미와 아름다움을 찾아 밝혀 낸다.

스티븐슨의 에세이는 많은 부분이 17세기 문어체로 쓰여 있고 때로 옆길로 새 나가기도 하며 은근한 풍자와 위트, 문학적 암시와 은유로 미묘한 의미를 전달하고 있어 쉽게 읽히지 않는다. 그러나 거듭 읽어 볼수록 아름다운 문학 작품으로서의 매력이 살아난다. 무엇보다도 작가의 용감하고 아름다운 정신이 떠오른다. 스티븐슨은 병고에 시달리면서도 활동적인 삶을 열망하며 유럽과 북미 대륙의 많은 곳을 여행했고 남태평양의 사모아 섬에서 그의 최고 걸작이 되었으리라고 평가되는 『허미스턴의 위어』(1896)를 열정적으로 집필하던 중에 사망했다. 「세 겹의 놋쇠」 끝부분에 썼듯이 "뜨겁고 열렬한 인생에서 그는 존재의 정점에 발끝으로 서서는 단숨에 뛰어올라 건너편으로 넘어간" 것이다. 삶의 제약과 부조리를 정직하게 직시하면서도 경쾌하게 받아들이고 강렬한 삶을 추구했던 그는 영원한 젊음의 화신이었다. 지혜와 용기를 겸비한 이 작가는 일상의 타성에 젖지 말라고, 끝까지 열망과 희망을 추구하라고, 그것이 행복이자 삶의 의미라고 절규한다. 스스로 그렇게 살아간 아름다운 영혼을 만나게 된 것은 뜻밖의 기쁨이자 위안이고 격려였다.

2017년 3월
이미애

옮긴이
이미애

현대 영국 소설 전공으로 서울대학교 영문학과에서
박사 학위를 받았고 동 대학교에서 강사 및 연구원으로
활동했다. 조지프 콘래드, 존 파울즈, 제인 오스틴,
카리브 지역의 영어권 작가들에 대한 논문을 썼고, 역서로는
버지니아 울프의 『자기만의 방』, 조지 엘리엇의 『아담 비드』,
J. R. R. 톨킨의 『호빗』, 『반지의 제왕』(공역), 『위험천만 왕국
이야기』, 『톨킨의 그림들』, 토머스 모어의 서한집 『영원과 하루』,
리처드 앨틱의 『빅토리아 시대의 사람들과 사상』 등이 있다.

게으른
자를 위한
변명

1판 1쇄 펴냄 2017년 4월 7일
1판 7쇄 펴냄 2024년 10월 2일

지은이 로버트 루이스 스티븐슨
옮긴이 이미애
발행인 박근섭, 박상준
펴낸곳 (주)민음사

출판등록 1966. 5. 19. 제16-490호
서울특별시 강남구 도산대로1길 62(신사동)
강남출판문화센터 5층 06027
대표전화 02-515-2000 팩시밀리 02-515-2007
www.minumsa.com

© 이미애, 2017. Printed in Seoul, Korea

ISBN 978 89 374 2912 5 04800
ISBN 978 89 374 2900 2 (세트)

* 잘못 만들어진 책은 구입처에서 교환해 드립니다.